大活字本シリーズ

平松洋子

小鳥来る日

埼玉福祉会

小鳥来る日

装幀　関根利雄

目次

猫の隊列が通る庭

靴下を食べる靴

文庫本、風呂に浸かる

小鳥来る日

小鳥来る日

猫の隊列が通る庭

八角蓮ふたたび

芽の吹くころ、庭もそろりと動きだす。身を固くしてじっと寒さに耐えていた土がふたたび呼吸をはじめ、ひと心地を取りもどすのである。

ぬくい風に誘われ、サンダルをつっかけてふらふらと庭にでてみた。庭といっても猫の額ほどの狭さ、数歩もすすめば行き止まり。なのに、思わず後ずさりしてしまった。シラカシの木の根もと、陽(ひ)の届かない

片隅に緑の傘がすっくと立っている。丈は十五センチほどとみじかいが、すぼめた傘のような葉がてっぺんに一枚、空に向かって開いている。すがれた日陰にありながら、うぶな緑の輝きを放ってあえかに発光しているのだった。

八角蓮（はっかくれん）だ。わたしは色めきたった。ことしの春もまた、土のなかからいよいよ八角蓮がすがたを現した。

植えてから五年ほど経（た）つのだが、冬のはじめには、かならず臨終に立ち会う気分を味わう。顔よりおおきな葉に育ちきってあれほど意気揚々としていたのに、しだいに葉が首を垂れ、茎も萎え、しだいに枯れ果ててくずおれる。そののち跡形もなく搔（か）き消えてしまうのだ。あとに残された場所はただの日陰でしかない。あそこに八角蓮がほんと

うに立っていたのだろうかとさえ思われてくる。ところが、こうしてふたたび。かんがえてみれば、去年の春も、そのまえの春も、おなじだった。春さき、ある日とつぜん八角蓮がにょっきり現れる。もちろんすこしずつ伸びてきたはずなのに、現れるときは不意を突いてくるから、どぎまぎさせられる。

それにしても、目に沁みること。生まれたての緑はなんとしんなりしていてやわらかなのだろう。正直をいえば、冬のあいだ八角蓮のことなどまるきり忘れていたのに、死んだような冷えびえと暗い土中で脈々と再生をつづけていたとは。いまさらながらに感嘆し、八角蓮の無事に一度も思いを馳せなかったわたしは、すこし申しわけない気持ちになる。

おずおずと、初々しいことしの八角蓮に近づいてみる。しゃがんで、傘のしたに隠れた鉛筆ほどの茎をのぞきこむとひょろりと頼りない。でも、懸命に傘を支えている。さらに根もとへ視線を下げて、おや。茎の周囲のこわばった土がほぐれ、すこしだけ起き上がっているのである。冬が押しのけられた跡だ。わずかな隆起なのに、それはとても雄々しかった。

いったん庭にひと心地がつくと、勝手なもので、急に春を引き寄せたくなる。こんどは八角蓮の様子が気になって落ち着かず、日ごと眺めにゆく。在原業平の歌もいっしょに思いだす。

世の中に絶えて桜のなかりせば春の心はのどけからまし

いっそ桜なんかなければ春はのどかなのに。そう詠嘆しているのだ。たしかに。桜どころか八角蓮を見つけて以来、きょうは伸びたか、葉は育ったか、せわしない。このはらはらとさせられる気分こそ、春の弾みのうれしさなのかもしれない。

五月の素足

クレマチスが咲き、大手鞠（おおでまり）も咲き、いっせいに薔薇（ばら）が咲く五月になると、やっと素足になれるから足の裏がはしゃぐ。

まだ桜やハナミズキの咲いてる時分はそこいらに肌寒さの気配が居残っているが、五月になったらあと戻りの心配はいらない。あれほどさんざん厚手のソックスやタイツに世話になったというのに、とっとと脱ぎ捨てる。さあいよいよ足指を広げて解放し、床のうえを素足で

ぺたぺた歩くのだ。

陽気のいい日は、待ってましたとばかり素足のままサンダルをつっかける。あら真夏でもないのに冷えますよと眉をひそめる向きもあるだろうけれど、しかし、恒例の五月の愉（たの）しみなのだから譲れない。むきだしになった足の甲を薫風がなでるときなど、私はこころからせいせいとする。

　素足のなにがうれしいかといえば、足の裏が生きかえるからだ。素足、つまりはだしになると、足の裏がにわかに覚醒する。すっかり縮こまっていた爪先からかかとまでぜんぶ揺り動かされ、十本の指は冬眠から目覚めていましも大あくび。なぜか井伏鱒二の詩「なだれ」を思い出す。

峯（みね）の雪が裂け
雪がなだれる
そのなだれに
熊が乗つてゐる
あぐらをかき
安閑と
莨（たばこ）をすふやうな恰好（かつこう）で
そこに一ぴき熊がゐる　（『厄除け詩集』より）

どど、なだれに乗っかって寝起き（たぶん）の熊がサーフィン！

なんとシュールな春先の情景だろう。奇妙な夢みたいだが、熊の泰然っぷりに笑いを誘われる。五月の素足も、ちょっと似たかんじだ。おおらかだけれど、まだ場慣れしていなくてきょときょとしている。その初々しい様子をながめて思う。足の裏などと呼びならわされているけれど、じつは「裏」なんかじゃない。こうして季節の移り変わりをとらえる足の裏は、れっきとした「表」ではないのか。

おおきな声ではいえないが、夜中にはだしになって歩くことがある。無理をして高いヒールの靴を履いて疲労困憊（こんぱい）したときとか、おろしたての靴を履いて血豆ができたときとか、ほろ酔い気分のときにも、たまにしでかしてしまう。家の近くまでたどり着いたところで我慢の糸がぷつんと切れ、脱いだ靴を右手と左手にひとつずつぶら下げ、夜の

闇に乗じてはだしで道をぺたぺた歩く。その爽快感、解放感といったら、ない。不審人物に見えたとしても、ぶっちぎりの快感には勝てない。

こんなときにも、つくづく足の裏は「表」だなあと思う。アスファルトのでこぼこ、砂つぶ、小石、ちくちく皮膚に刺さる小気味いい感覚に刺激され、おおそうだったと納得する。身体の最先端にあるふたつの狭い面はぴったり世界と密着している。足の裏とは名ばかり、身体のすべてを一身に背負う、堂々たる「表」なのだ。なだれのうえであぐらをかく春の熊とおなじ、のびやかな気分になってくる。

ただし、無防備なむきだしの感覚は、五月を過ぎればしだいに鈍磨してゆく。雨に濡（ぬ）れたり、かあっと太陽が照りつけはじめたりするう

ち、素足は珍しくもなくなる。あげく「表」も「裏」もどうでもよくなって、はだしがあたりまえ。素足がうぶなのは五月、青嵐の吹き渡るほんのわずかないっときだけである。

猫の隊列が通る庭

猫が尻尾（しっぽ）をぴんと立て、とことこ庭さきを通ってゆく。とくに挨拶（あいさつ）はない。

おや猫の通り道になっていると最初に気がついたのは、去年である。朝九時を過ぎたころ、そら来るぞ来るぞと新聞から目を上げて視線を送っていると、はたして猫の隊列が現れる。先頭は親猫、あとにつづくのは四匹の仔（こ）猫、総勢五匹の一家が列に連なる律儀な行進は、定時

に顔を出すからくり時計の仕掛けみたいだ。

たいてい粛々と歩を進めて通り過ぎるのだが、気まぐれに仔猫が列を崩す。庭に張りだしたベランダを横断中、一匹がとつぜん鞠になって転がったり跳ねたりしはじめる。すると、それを恰好の合図にして残りの仔猫が反応する。四つの鞠が入り乱れ、くんずほぐれつじゃれ合うのだが、もうそのくらいにしておきなさいと親猫が歩きだすと、あわてふためいて仔猫たちがあとを追いかけ、隊列を組み直すのがなんともほほえましい。笑いをこらえて見送っていると、こんどは器用に塀を乗り越え、ぴょこり、ぴょこり、一匹ずつじゅんばんに塀の向こうへ姿を消してゆくのもみごとな退場風景なのだった。

ところが、木枯らしが吹くころ、猫の隊列はふっつり消えた。仔猫

たちの成長とともに一家の日常に変化が訪れたとみえる。きっと元気でお暮らしよ。名残を惜しんでいると、なにかの申し送りでもあったのだろうか、こんどはべつの猫が通るようになった。茶トラ、灰色がかった白、金茶と黒のブチ、あらたに三匹の登場が指差し確認された。とりわけ茶トラの存在感はなかなかで、あたりに睨みをきかせながら鉢の溜まり水を飲むときの表情は、鬼瓦そっくりの迫力だ。

それにしても、ずいぶん頻繁に猫が現れるようになったものだ。なにか理由があるだろうかと訝しんで、すぐに思い当たることがあった。去年の夏のおわり、うちの二十三歳の飼い猫が大往生を遂げた。つまり老猫の死と入れ替わるようにして、その翌月、猫一家の隊列が登場したのだった。猫どうし、やっぱり申し送りがあったのだろうか。

つくづくふしぎなことである。いなくなったら、現れるものがある。失ってはじめて到来するものがあるのだ。そうか。もし穴がぽっかり空いたとしても、あわててむりやり埋めたてなくともよいのかもしれない。吹いていった風に導かれて、あらたな風はきっと入ってくる。もういなくなってしまった、たしかに失ったのだと受け容れれば、たとえ寂として佇んでいても、あらたな風の通り道は世の理としておのずと現れ来る。

初夏を思わせる日差しのつよい日、遠来のお客があった。しばらく話しこんでいると、話の接ぎ穂に彼女がにこやかに言う。猫と小鳥と蝶々が通るおうちですね。この二時間のうちにね、猫が二匹、小鳥が一羽、クロアゲハが三匹通っていきましたよ。

庭を背にして座っていたわたしは、あわてて首を回して窓のそとに視線を遣った。ちょうど伊予柑の木の白い花が満開で、ここ数日、柑橘類をこのむ蝶々がしきりに飛来する。それにしても、きょう通り過ぎていったのはどの猫だろう。とっくに姿の消えた猫のすがたをさがしてしまった。

こぬか雨のこんぴらさん

小学生のころ覚えたから、「こんぴら船々」は最初を唄うだけで、あとは口が勝手に動いてくれる。

「こんぴらふねふね　追風に帆かけて　シュラシュシュシュ　まわれば四国は讃州那珂の郡　象頭山　金毘羅大権現　一度まわれば……」

「シュラシュシュシュ」の響きにうれしくなり、壊れたレコードみたいに繰り返し唄いたくなるのはいつものことだ。

こどものころは「おいて」の意味がわかっていなかったから、勝手に「おいけ」と思いこんでいた。よくかんがえれば、船が「池」にいるのはへんな話だが、ともかくずっと「おいけに帆かけて」と唄っていた。ほんとうは「追風」だったと知ったのはずいぶんあとのことで、そのときほっとしたのを覚えている。ああよかった、狭い池のなかで窮屈じゃなかった、船が広い海にいてよかった。

見当違いはそれだけではなかった。唄のなかに「まわれば」がふたつあるけれど、じつは、それぞれ意味が違うようなのだ。あとのほうの「一度まわれば」は「廻れば」。最初の「まわれば四国は」のほうは「詣れば」。

詣でるのは、ご存じ海の神さま「金刀比羅宮」である。「こんぴら

さん」は日本中に六百いくつもあるという金刀比羅宮の総本宮で、「金毘羅詣で」は江戸時代にはお伊勢参りとならぶ庶民の一大イベントだった。もちろんいまに至るまで、長い階段を昇って詣でる善男善女のすがたは絶えることがない。

わたしも、四年まえに昇って詣でた。参道に入ってから鬱蒼（うっそう）とした木々に囲まれる奥社まで階段の総数、千三百六十八段。こぬか雨が降り注ぐ日だったが、足もとが濡れるのも構わず石段を踏みしめ、踏みしめ、ひたすらがんばった。もうすぐ。いやまだ。息が乱れるのも厭（いと）わず石段を踏みつづけるのは、それ自体が禊（みそ）ぎなのかもしれないと思いながら。

それにしても、先の長かったこと。

三百六十五段め、大門。

六百二十九段め、森の石松が勘違いして引き返していった壮健な風情の旭社。

七百八十五段め、御本宮。

千三百六十八段め、いよいよ奥社。

ここまで来たのだから、どうしても最上まで行き着きたい。意地に背中を押され、途中で休憩しいしいがんばったわけだが、中途から、前方の光に導かれている実感が生まれた。たっぷり二時間が過ぎたころだろうか、ついに至った奥社「厳魂（いずたま）神社」で手を合わせて拝むと、長丁場の苦労が消し飛ばされ、胸中に清々とした空気が流れこんできた。さらに心動かされたのは、何百年ものあいだ引き継がれてきた

たことだった。

「金毘羅詣で」のひとびとに自分も繋(つな)がっているという実感に包まれ

奥社から一望する讃岐平野の眺めがすばらしかった。「こんぴらふ

ねふね」はこう続く。

「こんぴらみ山の青葉のかげからキラララ　金の御幣の光がチョイ

さしゃ　海山雲霧晴れ渡る」

琴平は、こぬか雨が降っているというのに海山雲霧晴れ渡るごとく、

やわらかな光に包まれていた。

その翌日、毎春恒例の「こんぴら歌舞伎」を観に行った。門前にあ

る日本最古の芝居小屋「金丸座」に掛かったのは、成田屋の十八番

「暫(しばらく)」や「夏祭浪花鑑(なつまつりなにわかがみ)」。客も役者もおどろくほど距離がちかく、ぎゅ

う詰めの熱気は江戸の芝居小屋の空気を彷彿(ほうふつ)とさせ、またしても琴平の春にしたたか酔った。

ライチが連れてくる白日夢

まだ昼前なのに、気温はぐんぐん昇って三十度ちかい。立ち止まると汗が噴き出るのだが、通りがかりの果物屋の店先でたっぷり十秒、木箱のなかを凝視してしまった。溶鉱炉から取り出したような赤紫の玉が山盛りになっている。初物のプラムだ。ぴちっと張ったつやつやの皮が「わたし、もぎたてです」、声高らかに宣言を放っている。あわてて四個つかんで、かごに入れた。

知らないフルーツをまえにすると、白日夢の入りぐちに立っている気分になる。食べたことも見たこともない、けれど確かに自分の掌（てのひら）のなかにある輝くばかりのまるいもの。はじめてのキウイ。はじめての水蜜桃。はじめての洋梨。はじめてのパッションフルーツ。そのたびに夢が開き、陶酔に招き入れられた。ありふれたバナナでさえ、黄色い皮を剝（む）くたびはじめて見る奇妙な夢に誘われる、やっぱりいまでも。

ライチをはじめて食べたのは香港だった。もう三十年もまえ、香港の町にもっと濃密な匂いが溢（あふ）れている時代の話だ。ライチ、マンゴー、パパイヤ、ジャックフルーツ、町を歩くたび見たことも食べたこともないフルーツを発見するのも、香港を旅するたのしみに違いなかった。いまでは日本のあちこちで東南アジアや中国、台湾あたりのフルーツ

を見かけるけれど、ほんの三十年まえはライチもパパイヤも絵空事じみた存在だった。

だから、はじめてのライチに、わたしはたちまちこころ奪われた。いがいがの硬くてちいさな茶色の甲羅をぱかっとはがすと、それこそ絵空事じみた乳白色の水晶玉が現れる。浮世離れしたようすは宝石さながら、とてもこの世のものとは思われなかった。おそるおそる口に含むと、石にも似たひんやりつるんと硬質の舌触り。果肉に歯を立てると、ぷりっとゆたかな弾力を従えて、高貴な芳香、やさしい甘みが口腔（こうくう）に充満する。中心に鎮座する種のまわりにはほのかな苦みがまとわりつき、安心させない。きわめて優雅なのに乱暴な支配力にたじたじとなり、言葉を失う。

いっぽう、その儚(はかな)さを身をもって示してくれたのもライチなのだった。ライチの原産地は中国南部、熱帯・亜熱帯地域の広東広西地域だが、こんな言葉がある。

一日色変　二日香変　三日味変　四日色香味尽去

（一日めで色が変わり、二日めに香りが変わり、三日めに味が変わり、四日めになれば色も味も香りもなくなってしまう）

それほど移ろいやすく、保存のむずかしいデリケートな果実というわけだ。ライチをこのんだ楊貴妃のために、八日八晩かけて数千里の道のりを騎馬で運ばせた玄宗皇帝の気持ちもわかる気がする。たしかに、ライチの姿を目にしたらうかうかしてはいられない。上海でも香港でも、町のあちこちにライチが山積みになったと思ったらほんの一

ヶ月足らずで嘘のように掻き消えて、あっというまに夢まぼろし。

ついさっき買ってきた赤紫のうつくしい玉を取りだしながら、急にあせる。そうだ今年のライチはどうした、プラムのまえに味わうべきものがあったじゃないか。いったんライチを思いだすと、恋い焦がれてうわの空。やっぱり白日夢の入りぐちに立たされてしまう。

福田平八郎の「雨」

仕事場にこもって机に向かっていると、窓の外で粒だった音がする。

ぽちり、ぽちり。

庭木の葉につぶてが当たって弾(はじ)ける。もしや。庭木の枝の重なり合いの向こうに透けて見える空をたしかめると、あんなに晴れていたのにどんより鈍色(にびいろ)に染まって、いまにも雨が降ってきそうだ。いや、悠長に構えている状況ではない。窓を開けて半身乗りだし、空を見上げ

てみると、「いまにも降ってきそう」なのではなく、もう降っている！

　こんな日が最近やけに多い。午前中は晴れていたのに、午後になって一転掻き曇り、雨降りに変わるのだから往生する。気分もいっしょに暗くなる理由はほかでもない、朝出がけに干してきた洗濯物だ。まさか雨には変わるまいと希望的観測をごり押しして干すと、夕方近くになって雷雨、あるいはにわか雨、または驟雨、しばしば泡を食う。電車に乗って都心に出ているときならあせっても手も足もでないから、帰宅のち取りこむ雨ざらしの重い布の山を想像してうなだれる。

　でも今日はどうにかなるんじゃないか。仕事場から自宅まで歩いて七、八分、走れば五分とちょっと。念のためにもういちど耳を澄ましてみると、さっきの「ぽちり、ぽちり」の間隔は微妙に狭まりつつあ

った。まちがいない。これは確実に降る。どっさり干してきた洗濯物を救うなら、たったいま駆け出さなくては。降りはじめの雨の音は、開幕を告知する劇場のブザーのように胸中を騒がせるから、仕事を中断して鍵だけひっっつかんで表に飛び出した。

表に出ると、コンクリートの表面いちめん、黒くてまるいドット模様がそこにあった。そのリズミカルな図柄に目が釘（くぎ）づけになり、ドットが増えてゆく足もとを眺めたまま息を荒くして駆けた。

日本画家、福田平八郎（一八九二―一九七四）の代表作のひとつに「雨」（一九五三）がある。画面いっぱいに瓦屋根の一部を切り取った大胆な構図で、よく見ると、瓦にはさまざまな大きさと色彩のまるい浸（し）みが描かれている。雨つぶである。がっしりと太い線が交差する瓦

屋根の質感、滴のかたち、意表を突くモダンな画面構成。じっさい画のまえに立つと、わたしの身体のなかに、雨が降りはじめたときの土の湿った匂いや夕刻の時間の移ろいが流れこんできた。あきらかに瓦が主題なのに、表題をあえて「雨」と抑えたところにも斬新な表現を切り拓いてきた境地がうかがえる。

福田平八郎は「雨」を描いた動機を文章に遺している。

「ある日、夕立が来るなと窓をあけて見ると、もう大きな雨粒がぽつぽつと落ち始めました。そして大きな雨脚を残しては消え、残しては消えてゆきます。それが生きものの足跡のようにも思われて心を打たれました」(『三彩』九九号より抜粋　臨時増刊　一九五八年四月)

残しては消え、残しては消え、降りはじめの雨粒はなにかを饒舌に

語りかけてくるかのようだ。

しかし、鍵を握りしめて洗濯物に突進しているこのとき、降りはじめの雨つぶが語りかけてくるのは「さあ急げ！」に尽きる。家にたどり着いたときには、さっきのドット模様は跡形もなく、道はすでに黒く濡れそぼっていた。

植木の散髪

すこぶる快晴。さあ今日も気持ちよくはじめるかと居間にゆくと、部屋のなかがもっさりと暗い。なぜだ。

こんなにせいせいと晴れているのに、どうしてだろう。あの金環日食の朝は、ひんやりとした奇妙な暗さが室内にさーっと流れこんできておもしろかったけれど、まさかアンコールをやってくれるわけでもあるまい。これから大雨でも降ってきそうなくらいどんよりと暗いの

で、しょうがないから朝っぱらから電気をつけた。

おかしいな、外はこんなに晴れているのに。首をひねりながら味噌汁を啜(すす)っていると、「ああっ」と声がでた。この暗さは庭木のせいではないのか。

猫の額ほどのちいさな庭だが、何本かの庭木が植わっている。オリーブ。カシ。イヨカン。ソヨゴなどなど。なかでも、ここに住まいを移した十五年ほど前に庭をつくったとき植えたオリーブやカシ、ソヨゴはよほど土との相性がよかったとみえて、たいした生長ぶりである。オリーブの木の幹など両手を輪にしても余るほど太く、ごつく、老練な雰囲気さえ漂わせて、いっぱしの貫禄がある。枝の伸びっぷりも大胆そのもので、わらわらと際限なく空に向かって伸び広がってゆくさ

まは、千手観音にもひけを取らない。

原っぱだの森だの、伸び放題にしてやれる場所ならなんの問題もないが、塀ひとつ向こうは隣家、よそのお宅が目の前だ。近所迷惑をかけるわけにゆかず、そこで必要になってくるのが剪定（せんてい）という段取りである。電気の下で朝の味噌汁を啜りながら、ようやく気づいた。まさにその剪定のタイミングを逸していたのである。早い話が、忙しさに紛れてすっかり忘れていた。

毎年おなじ植木屋さんに剪定を頼む。枝の広がり、育ちぶりを考慮しながら剪定してゆく手腕はなかなかのもので、仕上がりの佇まいのよさひとつとっても、ほうなるほどなあと唸（うな）ってしまう。あらためてかんがえてみれば、どの木も確実にたくましさを増してきたのは、剪

定のおかげでもあることは間違いなかった。

それにしても、この異様な暗さはどうだろう。光がまったく届かず、傘どころか遮幕が被さったかのようだ。森は、外からみれば明るいが、なかに足を踏み入れると鬱蒼として暗い、あれとおなじ。食後に淹れた新茶を飲みながら、暗い居間から庭の木をあらためて眺める。

暗さは、とりもなおさず、木々の生長のしるしなのだった。記憶をたどると、五月なかばは緑の層は半分にも満たなかったし、室内はいつもと変わらず燦々と陽が差し込んで明るかった。その後たった一ヶ月と少し、枝も葉も圧倒的な勢いを駆ってひたすら伸びつづけたことになる。肥料や水をやるわけでもない、ただの放ったらかしなのに、自然の精力、気力にひれ伏すような思いだ。

その週末、あわてて頼んだ植木屋さんが剪定にやってきた。「終わりました」と呼ばれて部屋に入ると、風呂場のくもりガラスを拭いたあとのように、部屋のなかがぴかぴかに明るくまぶしい。こんなに容赦なくばっさばっさと伐られたというのに、庭木は久しぶりの散髪をよろこんでいるように見えた。

奈良うちわ、ゆらゆら

なにげなく焼き鳥屋の主人がつぶやいた言葉が耳に残っている。

「うちわの音を聞いてりゃ、そこの焼き鳥がうまいかどうか、すぐわかります」

ほう、と膝を乗りだして聞いてみると、こういう話だった。炭に風を送るとき、片方の手にうちわの表面を当てて風を調節するのだが、うちわの使いようひとつで炭の熾(おこ)り具合は違ってくる。もちろん焼き

あがりも当然べつもので、ばたばたどすどす、鈍重な音がするのは無神経な証拠で、たいていだめ。耳に心地いい軽やかな音が聞こえてきたら、風の送りに神経が行き届いている……と、こういうことらしい。

そうか、ただ扇いでいればいいってもんじゃないんだな、うちわもだいじな商売道具なのだ。幸田文の小説「台所の音」を地でゆく話でもあると思いながら、あらためて焼き鳥屋のうちわの音に耳を澄ませてみると、なかなか含蓄のある言葉だと納得する。

焼き鳥や鰻で使うのは、竹の骨も紙もごつい渋うちわだ。まっ赤に熾った炭火に「そらゆけ」と威勢を与えるわけだから、送る風にもそれなりの強さが備わっていなければならない。ただおなじ形をしていればいいというものではない、時と場合によりけり、うちわにだって

適材適所があるのだ。

わたしが長く使っているのは奈良うちわである。そもそも起源は奈良時代、春日大社の神職が軍扇のかたちに倣(なら)ってつくったとされ、江戸時代になると透かし彫りをほどこしたものが広まった。伊予紙や土佐紙などの和紙を色引きし、繊細に仕立てた細い竹骨に沿わせて両面をぴっちり貼り合わせる。正倉院文様や奈良の風物の突き彫り（直角に切りこむ手法）をほどこすのも奈良うちわ独特の手法だが、いまではその伝統を受け継ぐのはたった一軒になってしまった。

その「池田含香堂」を知ったのは旅の道中だった。猿沢の池あたりを散策したのち三条通を歩いていると、それはうつくしい風情のうちわを並べる店がある。ひと目で魅(ひ)き寄せられて入り、一本を手に取っ

て扇いで驚いた。

なんという柔らかさ、軽さ。ふうわり、ふうわり、赤ちゃんに送ってあげたい優しい涼風を肌が受けとって、たちまちやみつきになった。そのとき、うちわの風に「やみつき」という言葉を思い浮かべたことに、自分でも驚かされた。竹ひごのような細い骨を試しに数えてみると、ぜんぶで五十一本。たおやかで上品な佇まいに端正な手づくりの味わいがあり、感嘆した。以来十年、ときおり買い足しながら、「池田含香堂」の奈良うちわひとすじである。

夏になれば、いちばんの気に入りは目にも涼しい清澄な青一色、文様はごくごく小さく突き彫りされた跳ね遊ぶ二匹の鹿。蒸し暑い朝など、今日も暑くなるぞと身構えながら、気づいたときには使い馴(な)れた

青い一本を目と手がいっしょに探し求めている。ゆらゆらと左右に動かしはじめると、暑さがすうっと遠のいてくれるのだから、それこそだいじな夏の友である。

居間には奈良うちわ。台所には焼き鳥屋で使うのとおなじ渋うちわと奈良うちわの二本立て。長年馴染(なじ)んだうちわをぱたぱた、朝から晩まで頼りにする。ことしの夏もずいぶん暑くなりそうだ。

ジャック・タチといっしょに

小学生のころ夏休みをかならずいっしょに過ごす友だちがいて、名前を「夏休みの友」といった。毎日きちんきちんと相手をしないと拗ねる。夏休みのおわりに手酷い目に遭うのがわかっているから、それが恐ろしくて、律儀に机に向かって開くほかない。あれは、たいしてすてきな友だちじゃあなかった。

そもそもわたしは、夏休みには友だちとあまり会いたくないちょっ

とへそ曲がりの子どもだった。本を読めばいくらでも冒険ができたし、プールに行けば水と馴染んでちっとも飽きなかった。海に行けば、ひょんなことから知らない子と海岸で肩を並べて砂の城をこしらえて遊んだ。それがきっかけで、中学に上がってもその神戸の女の子と文通を交わした。夏は予期しない風が吹く。

だから、ジャック・タチの映画「ぼくの伯父さんの休暇」を観たときには快哉を叫んだ。とびきり味のあるコメディ映画で、一九五三年カンヌ国際映画祭での国際批評家連盟賞受賞作。監督ジャック・タチみずから演じるムッシュ・ユロはひしゃげた帽子、寸足らずのズボン、ボーダー柄のソックス、長パイプをくわえてトランク二個と釣り竿を手に単身バカンスにやってくる。フランスの、とある海辺の町のちい

さなホテル。ほぼパントマイムで演じる人物造型には才人ジャック・タチならではの哲学があった。かならず周囲と微妙にずれるスケッチは諧謔（かいぎゃく）たっぷり。のちに、ジャック・タチの演技と作風に惚（ほ）れこんだローワン・アトキンソンが「Mr.ビーン」としてその味を取り入れたのは知られた話だ。

　バカンスという非日常だからこそ、日常にバイアスがかかる。みんな浮き足だって、パタパタ動く紙人形みたい。どこか嘘っぽくて滑稽（こっけい）。ジャック・タチがまず見破ったのはそこなのだった。野暮（やぼ）を承知でいうなら、主人公ムッシュ・ユロはバカンスのおかしみをさりげなく体現してみせる役回りである。

　この映画がすてきな理由はいくつもあるけれど、少年の気配がたっ

ぷりと漂っているからぐっとくる。拍手喝采したのは、たとえばこんな場面。真っ昼間の砂浜、おなじホテルに泊まっている少年が虫眼鏡を片手にこっそりいたずら中。太陽の熱を集めて向かう相手はテント生地で、おつぎは甲羅干し中のはだかのおじさん。こどものころわたしもこっそり、海辺でおんなじことをしたよ！

　休暇は淡々とつづく。朝も夜もおなじ食堂のごはん。退屈しのぎの夜中のトランプ。気晴らしのピクニック。たいしてうまくもない昼間のテニス。毎日おなじコースの砂浜散歩。けれども、なぜだろう、すべては等しくきらきらと夏の光に輝く。そしてラストちかく、ちっちゃな海辺の町にはでな花火が何発も打ち上がり、どじを踏んだムッシュ・ユロの仕業で夏の闇に閃光（せんこう）がまき散らされて、夏は過ぎゆく。せ

つなくて胸がきゅんとなる。

夏休みの友だちは、いろんなところにいる。わざわざ探さなくてもムッシュ・ユロみたいに向こうからとことこやってきてくれる。おとなでもこどもでも、おもしろいことおかしいことに年齢なんかまるで関係ない。そして、なによりだいじなことは、と「ぼくの伯父さんの休暇」は教えてくれている――爽快な風はきっと吹く、たとえどんなに退屈に思われる夏休みだとしても。

なでしこの咲く朝

　夏の夜明けは早いけれど、朝六時を過ぎれば気温はぐんぐん上がる。この容赦のない感じ、どこかほかの国でも味わったと記憶をたどると、それはベトナムなのだった。もはや日本の夏も亜熱帯の仲間入りかと思うと動揺するが、とりあえず毎朝の習慣をはじめるほかなく、ジョギングウエアに着替える。週に三、四日一時間半ほど歩くのだが、夏場は暑くなるのを見越して五時ごろ家を出るのが習慣である。

明けたばかりの夏の朝はかくべつの静寂に充ちている。しかし、その日はちがった。家々のひしめく道幅の狭い住宅街を通りかかると、いつもはしいんと静まりかえっているのに、あちこちからひとの気配が伝わってくる。いっしょにテレビの音も洩れてくる。やっぱり！

今朝は「なでしこジャパン」の優勝決定戦である。うちでもやっぱりテレビがついていたから、出がけに数分だけちらりと生中継を観た。そのまま観ようかとも思ったが、もう着替えたのだからやっぱり歩こうと振り切って外へ出たのだった。

歩きはじめると、先へ先へ足が延びた。こういう日がたまにある。機を逃さず距離を稼ぎたくなり、けっきょく足の勢いにまかせて隣町の緑地公園まですいすい小一時間が経ってしまった。

ちょっと歩きすぎたと思いながら折り返すと、にわかに試合展開が気になった。早く帰ろう。近道をえらんでべつの住宅街に入ったら、ここもやっぱりざわついている。開いているのを見たことのない家の窓が開け放してあり、コーヒーの香りといっしょにテレビの喧噪が流れてくる。勝っているのか、負けているのか。展開を気にしいしい焦燥感いっぱいで角を曲がりかけたそのとき。

「よおしっ」

窓からドスのきいた声が響いた。わたしは懸命に分析した。このせりふは負けていたら出てこない。ということは状況はわるくないのだ。早く家に戻って実況が見たくなって加速をつけて進むと、向こうから早朝練習にゆくジャージ姿の女子大生の二人組が携帯電話の画面をの

ぞきこみながら歩いてきた。わたしはたまらず声をかけました。

「試合、どうなってます？」

「さっき延長戦で同点になって、これからＰＫ戦です！」

歩いている場合じゃない。でも、歩かないと帰れない。浮き足だって足がもつれそう。もう六時を過ぎて、頭上の太陽がじりじり熱を放射しはじめていた。気もあせる、暑さにもあせる。追い立てられて汗だく。心拍数の上がったところへ、こんどは通りがかりのアパートの一室から若い女性の興奮した声が飛びこんできた。

「すごいっ。なでしこすごいっ」

またしてもあせる。なにがどうすごいのか。玄関のインターフォンを押して「おしえてください」と聞きたくなったが、さすがにぐっと

抑え、つんのめって歩く。ついに家まで残り数分に迫ったそのとき、こんどは外壁にゴーヤーの緑のカーテンをつたわせた家のなかからおじさんの声が耳をつんざいた。

「やった！　勝った！　優勝ぉぉ！」

おばさんの大拍手も聞こえてくる。一家で大合唱。

「うれしーい！」

パチパチちからいっぱいの拍手が巻き起こって、夏の朝が祝福に染まった。そうか、勝ったか。わたしもいっしょに拍手したかった。

ようやく家に着くと、炎天の青空が頭上に広がっていた。町ぜんたいが血湧き肉躍る、それは熱い夏の朝だった。

金魚すくいひとりぼっち

ぜったい見つからなかった靴下の片方が、ある日ひょっこり現れる。あれはどういうことなのだろう。

右も左も同時に脱いだのだから、ないわけがない。しかし、洗濯物をたたむときになって片方が行方不明だ。狐につままれて呆然とするのだが、やっぱりないものはない。こういうときはあがいても埒があかないので、忘れたふりをするほかない。

ところが、数日後ひょっこり出現する。
（1）たたんだシーツの内側の角でだんご状に固まっている
（2）庭木の根もとで土にぺったりへばりついている
（3）いつのまにか箪笥の靴下入れのなかに納まっている
（1）と（2）の理由は想像がつく。（1）は洗濯中にシーツのなかに入りこんだことに気づかなかったから。（2）は干している途中、風に飛ばされたから。そうか、こんなところにねえ。不憫な気持ちで、がびがびに固まったそれをほぐしてやる。わからないのは（3）だ。ないはずのものがいつのまにか所定の位置にちゃんと納まっているのだから、まるで解せない。負けた、と打ちひしがれる。
意地になって手もとに引き戻そうとしても、だめなときはだめなよ

うである。見つけてもらう側にしてもおなじで、むやみやたらに騒ぐと逆効果に陥る。

こどものころ、夕暮れを待ちかねて浴衣に着替えさせてもらい、夏祭りに連れていってもらうのが無上の楽しみだった。履き馴れない下駄の鼻緒が擦れて痛くても、夜店のアセチレン灯に浮き立って苦にもならなかった。親に手を引かれてそぞろ歩く夏の宵は、絵本で読んだ「アリスの不思議の国」さながらだった。

しかし、べつの恐怖もつきまとう。母の手を離したら迷子になる。夏祭りの人混みには、うっかり気を抜くと夜の闇のなかにさらわれてしまう怖(おそろ)しさがあった。つながっている指先だけが命綱に思われ、わたしはぎゅっと手を握り直した。

けれど、それも途中で忘れてしまう。そぞろ歩きながら好奇心がやたら刺激されて、舞い上がるいっぽうだ。綿あめ。カルメ焼き。ハッカパイプ。射的。ヨーヨー釣り。そして白眉（はくび）は金魚すくいである。

金魚すくいは、遠巻きに眺めていてもあっというまに時間を忘れる。赤い金魚。黒い出目金。尾ひれがゆらゆら揺れて、水中を横滑りする白い月と追いかけっこ。足を止めて眺めていると、すうっと夢幻に引きこまれた。あるとき、金魚すくいに目を奪われて立ち止まり、母の手を離してしまったことがある。気がついたら、母も妹もそばにいない。にわかに恐怖感が募ったが、しかし、金魚すくいの高揚と興奮がそれを上回った。その場を離れたくなくて、わたしは必死で自分の気持ちに帳尻を合わせた——動かずにここにいればいい。喧噪の輪のな

かで不安なのに、目は金魚すくいに釘づけ。あの奇妙な感覚はいまでも忘れない。ここにいればきっと見つけてくれる。確信めいた気分はなんだったのだろう。

待つときは、じっとしていればきっとだいじょうぶ。夏の宵の闇のなかで覚えた理由のない感覚は、いまでもわたしに囁(ささや)きかける。だから靴下の片方が消えてもあわてないことにする。どのみちあっちは見つかるのを待ち受けているのだから。

ベトナムで帽子をかぶる

むかしは熱射病といったものだが、きっと熱中症とおなじ意味なのだろう。夏休みになると、「熱射病になるから帽子をかぶれ」としつこく言われて、真っ昼間に外にでるときは麦わら帽子をかぶるのがならいだった。風で飛ばないよう白い平ゴムがついていて、汗ばむとぺたりと貼りつき、ちょっと鬱陶(うっとう)しかった。

今年の夏の暑さでは丸腰で外にでるのが恐くて、おとなの麦わら帽

子をかぶってみるのだが、日差しは防げても頭の周囲ぐるりが蒸れる。洋服を一枚足したような感覚をおぼえてしまい、うちが近づくと待ってました！　と帽子を取ってしまう。

　そんなとき、この世でいちばん快適な帽子のことを思う。帽子というより、かぶりもの。頭のうえにぽんとのせれば、どんな暑さも凌げる。

　ベトナムのノンである。写真などでよく見かける、おなじみの円錐の編み笠。あれをかぶると、麦わら帽子なんか比べものにならない涼しさが手に入る。

　ノンを初めてかぶったのは、ホーチミンから北上して中部のフエまで旅をしたときだった。亜熱帯の暑さには馴染んでいるつもりだった

が、それにしても容赦のない気温の上がりようで、朝八時を過ぎるとたちまち三十度を超えるから、長旅にはきつかった。日本から持参した帽子は折りたたみのできる木綿製だったけれど、熱が溜まって汗が染み、たちまち役立たずになった。

日陰に座りこんで肩で息をしている私を見かねたのか、地元のおばあさんが、これをかぶりなさい、あげるから、と渡してくれたのが使い古しのノンだった。うちに帰ればいくつもあるんだから遠慮はいらないよと身振り手振りで言い、押しつけるようにして立ち去った。

あの涼しさ、気持ちのよさが忘れられない。円錐の内側についた丸い輪っかをすぽっと頭にのせ、長いひもを首の下で縛ると、全体ががっちりと頭に固定される。頭部は円錐になっているから空間ができて

熱が溜まらず、蒸れることもない。なにより驚いたのは、笠の下をつねに風がすーっと吹き抜けていくことだった。

　歩くたび、動くたび、ノンの下を風が通る。あご、首すじをなでてゆく風が頭部に向かって流れをつくり、円錐のなかがひんやりと涼しい。広い面積が日差しを遮るのはもちろんのことだ。じっさい自分でかぶってみると、端（はた）で見ているだけではわからなかった涼感を体験することになった。なるほど、ベトナムでは男も女もノンをかぶるはずだった。

　旅のあいだじゅうずっと手放せなくなった。みながかぶっているから、異国人がかぶってもなんの違和感もない。いや、逆にノンのおかげで市場や屋台にもすんなり溶けこむことができたのだった。

旅が終わりに近づいたとき、譲ってもらったそのノンを持って帰ろうかどうしようか、千々に乱れた。どんなに涼しくても、東京の街ではさすがに浮き上がって珍妙に映る。いくら優れた機能があっても文化が違えば許容し合えないものがあり、ノンもそのひとつだろう。

荷物の多さにかこつけて、結局ホテルの部屋に置いてきた。ベッドの端にぽつねんとのっかったノン。狂おしいほど暑い日、ホテルの部屋のドアがぱたんと閉まったときの音といっしょに、あの置き去りの光景を強烈に思いだす。

台風が倒したもの

早朝、いつものように自然公園を歩いていると、旧知の間柄なのだろう、すれ違いざまに初老の女性がわたしの前方を歩くひとに声をかけた。

「あそこ、ほら柳の大木があるでしょう。倒れているのよ。池の向こうでは桜の大きな木も倒れてしまっていて」

興奮気味のおももちで、しかし歩く速度は緩めず、早口で一気にさ

いごまで言い切った。こちらのひともおなじように速度を変えず、応じる。

「まあ、それはたいへん」

その柳の大木なら、わたしも知っている。幹に両腕をまわすと両方の指の先が肘まで届くくらい、つまり半抱えくらいの直径である。大木とまではいえないけれど、柳といえば街路のひょろりとした姿を目にすることが多いから、ずいぶん育った木だなあという印象がつよく、そのぶん目立つ。この夏も、細長い魚の大群のような薄緑の葉がさわさわと風にくすぐられているさまを毎朝のように眺めてきた。その柳が倒れたというのか。

動転したが、わたしも歩く速度を緩めず、肘を直角に曲げた腕を前

後に振りながら思う。当然かもしれない。きのう、夕刻から夜にかけて台風が首都圏を直撃した。暴風雨はすさまじく、昼過ぎからまがまがしい闇が垂れこめた。窓の外を眺めると、庭木、街路樹、いちょうに荒々しい風に翻弄され、苦しげに背を曲げて耐えている。庭のカエデの細い枝など、幹からすっぽ抜けそうだった。今朝、この自然公園へ至るまでの住宅街の路も酷いありさまで、折れた小枝やちぎれた葉の残骸が路上いっぱい、延々とぶちまけられ、歩くにも難儀した。これほどの惨状を招く雨嵐だったのだ。東海のひとは、和歌山のひとは無事だったろうか。歩きながら、あらためて過ぎ去ったばかりの台風の凄まじさに震えた。

もうそろそろ柳の大木が現れるはずだ。蓮池のまわりは種々の雑木

で鬱蒼としているから、見逃さないよう視線をきょときょとさせ、でも変わらずおなじ速度で歩く。歩くのと走るのとちょうど中間、ふっふっ、はっはっ、呼吸のテンポに背中を押されて、前へ、前へ進む。

わたしは急停止した。見逃せるはずもなかった。すっくとそびえていたあの柳の大木が無残な姿をさらして、どうと倒壊している。朝六時過ぎだというのに、すでに周囲に縄がかけられ、紙片まで貼ってあった。

「危険！　近づかないでください」

ぎりぎりまで近寄って、ふたたび息をのんだ。地上から八十センチのあたり、垂直に亀裂が入り、根を張ったまま幹だけ右方へなぎ倒されているのだが、雨を吸いこんだ黒い幹がぱっくり割れたうちがわ、

鮮烈な紅が視覚を撃った。鮭の身の色にも似た、なまめかしい紅いろ。完全に押し倒されて木の先端は地べたに頭をつけているのだが、楔がはいった箇所、九十度に折れ曲がった生木の内部はくの字になりながら必死でつながっている。

苦痛に悲鳴を上げているようにも見えるし、なに簡単に死にゃしませんよ、不敵な笑いを浮かべているようにも見える。紅の迫力に圧倒され、見てはいけないものを見てしまった気分に襲われたが、なぜか目を離すことができない。わたしは、しばらくその場所から動かず、じっと見つづけた。

庭の「團十郎」

ぽつんと一輪、鉢植えに朝顔が咲いている。

海老茶(えびちゃ)色のしぶい色で、「團十郎(だんじゅうろう)」と名前を持つ朝顔。江戸時代、二代目市川團十郎が演じた「暫」の衣裳(いしょう)にちなむ命名らしいのだが、七月のある日曜日、このひと鉢がひょっこり届くまで、ついぞ知らなかった。「近所の鬼子母神の朝顔市で見つけたから」と、親切にも友だちがひと鉢送ってくれたのだった。

朝顔の鉢に水をやるのは何十年ぶりだったから、ときめいた。新鮮な気持ちで朝夕の水やりにせっせと励むと、律儀に応えるかのようにつぎつぎと花を咲かせた。「團十郎」以外にも二種類ほど植わっているらしく、今朝は海老茶、明日は茄子紺、白地にピンク、にぎにぎしい咲きっぷりを見せ、むしろ猛暑に喘ぐこちらの方が叱咤激励される毎日だった。

夏はいよいよ去ろうとしているのに、鉢植えの「團十郎」はけなげにも一輪だけぱあんと開いている。必死で夏にしがみついている様子を眺めていたら、思いだされる光景があった。ことし何年ぶりかで見た花火である。八月十日の夕暮れ、仕事仲間と久しぶりに会おうということになり、約束した千駄ケ谷の店に向かっている途中だった。駅

の改札を出るといやに混雑しており、浴衣姿が目立つ。この駅が混むのは決まって神宮外苑で野球やラグビーなどの試合があるときだが、どうも様子が違う。今夜はなんだろうと訝しみながら人混みを抜け、五分ほど歩いて小さな商店街に入ったちょうどそのとき。

どどーん。

いきなり乾いた音が鳴り響くので、あわてて見回すと、前方、暮れはじめの夜空に壮大な花火の大群。ようやく合点がいった。今夜は神宮外苑の花火大会なのだった。

また、音が鳴る。ぱぱぱぱあん。

ぽかんとして立ち尽くし、夜空を見上げた。音を合図にして商店街のひとたちが馴れた様子でばらばらと路上に出てきて、通行人といっ

しょに肩を並べ、おなじ方向に顔を仰向ける。ふと気づくと、長い一本道の商店街にどんどんひとが溜まっており、どうやらここは絶好の観覧ポイントらしかった。

まるく、おおきく咲くものは特別な残像を刻みこむのだろうか。約束の時間までのわずか数分だったのに、商店街の前方の夜空に出現した花々が、いまでも頭から離れない。まぶたを開けていても、閉じていても、あの八月十日の夕刻、光の点や流線が生きものみたいに空を駆けめぐる光景がしきりに蘇(よみがえ)ってくる。

もうひとつの花火のことも想(おも)いだす。山下清の貼り絵の花火。昭和二十五年の「長岡の花火」、昭和三十年の「両国の花火」、いずれも花火の情景を精密精緻に描いた山下清の代表作である。漆黒の闇

に浮かぶ無数の点と線を貼り合わせた大小のまるい輪は、はだかの目が捉えたわずかな一瞬だが、それは山下清にとっての永遠だったのだ。はかないいっときだったからこそ、まぶたの奥底に宝物のようにしまわれ、ふたたび貼り絵として指先からあふれでた。あまりにも鮮烈な記憶だったからこそ、あの奇跡のような大作が生まれたのだった。

さまざまな夜空の花火が、ぽつんと咲く一輪の朝顔に重なる。そうだったのか。いまごろ気がついた。この「團十郎」は庭の花火だったのだ。

靴下を食べる靴

靴下を食べる靴

わたしは一足、奇妙な靴を持っている。おそろしいことに、はいている靴下をかかとのほうから少しずつ、少しずつ銜（くわ）え、ついにぱくり。ぜんぶ呑（の）みこんでしまい、靴下を跡形もなく消してしまう。あとには素足が残るばかり。靴はすっかり満足そうな面持ちで舌なめずり――というのは冗談ですと書きたいところだが、これが事実なのだから厄介である。

ドイツの靴である。黒い、足を包みこむようなしっかりと厚みのある革で、頑丈で平らなソールがついている。はいて歩くと、五本の指でしっかり大地をつかまえ、踏みしめるような実感が頼もしい。しかし、である。歩いている途中に一歩ずつ、ほんとうに靴下を食べてしまうのだ。

あれはいったい、どういう仕組みになっているのだろうか。一歩踏み出すたび、靴に当たっているかかとの部分が擦れ、足首のほうから靴下が靴の内側へたくしこまれるようにずれてゆく。構わず歩いているると、そのまま事態は進行し、けっきょく靴のなかで完全に脱げてしまう。つまり、靴が靴下を食べて呑みこんでしまうのだ。

これにはまいる。勝手に素足になだれこんでは困るから、道のまん

なかで立ち止まり、食べられかけた靴下をぐいっと引っ張り上げる。しかし、ふたたび歩き出すと、やっぱり靴は着々と靴下を食べ、そして嚥下する。

そんな靴、はかなければいいじゃないかと思うのだが、そうもいかない。長い距離を歩いてもいっこうに疲れず、じつに優秀なはき心地なのだ。クリームを塗っては磨き、二年に一度ソールを張り替えながら、もう六年以上愛用し続けている気に入りである。

注意して観察していると、すべての靴下が好物というわけではなさそうである。それなりに好き嫌いがあり、食べるのは決まった靴下らしいのだが、なかなか特定できない。靴下に手を伸ばすとき、そののちの事態まで計算ずくというわけにいかなくて、いつも外に出て歩き

はじめてから、ああっとあせる。その繰りかえし。

相性という二文字が脳裏に浮かぶ。合わないものは、どうしたって合わないのだ。引っ張り上げても、ずれるものはずれる。靴下はそれなりに抵抗するのだが、靴の圧倒的な噛下力に屈服するほかない。どっちが悪いわけでもない。ただ相性が悪いのである。

身につけるものには相性の良し悪しがある。宿命のように、これはもう厳然とある。ちくちく毛が刺さって皮膚が痒くなるセーター。袖つけのあたりが食いこんで脇がひきつれるジャケット。肩が張って胸もとによけいな皺のできるシャツ。ほかの誰かが着ればなんの問題もないかもしれないが、こと自分にとっては厄介を招いてしまう。疎んじられるセーターのほうも気の毒ではある。

わかっちゃいるのに、その靴をはくとき、いまだに面食らう。道のまんなかで立ち止まり、（またか）とため息をつきながら靴下を引き上げ、数歩歩いてはまた引き上げ、ひとりごちる。ああ相性というのは難儀だな。靴はもくもくと靴下を食べる。

いまどきの「同棲時代」

その日は陰気な雨がしょぼしょぼと降りつづいていたが、ご注文の本が届きましたと書店から連絡が入ったので、長靴をはいて受け取りに出かけた。待ちかねていた新刊の小説だったから、そうだ帰りに近所の喫茶店に寄ってコーヒーでも飲みながら読もうと思い立ったのだった。

平日午後二時半のお客はわたしひとりだった。窓ぎわの席に座り、

香りのよいグアテマラを飲みながら買ったばかりの小説を読んでいると、ドアベルがちりんちりんと鳴った。入ってきたのは二十五、六の男女で、Tシャツとジーンズ、雨なのにサンダルだ。「コーヒーふたつ」。注文するなり男は店にそなえつけの新聞、女は雑誌を読みはじめた。いまはめっきり少なくなったけれど、むかしはこういう若いカップルがたくさんいた。学生だというのにみょうに所帯臭くて、なにがどうしてそうなったのか年季が入った連れ合い感を漂わせている。街場の中華料理屋などで、それぞれ漫画本を読みながらもやし炒め定食と餃子(ぎょうざ)を黙々と食べていたりするのだ。上村一夫の劇画「同棲(どうせい)時代」もいっしょに思いだされた。なつかしいなあ。

埒もないことをかんがえながら、ふたたび小説に没入していると、

男の声が静寂を破った。

「今日のめし、なんにすんの？」

女が顔を上げ、のんびりとした口調で、しかし瞬時に応じた。

「キャベツと豚肉の炒めもの」

すごい。夕飯のメニューをもう決めてあるのか。ほうと感心する。

すると、男が引き取った。

「じゃあキャベツと豚を味噌汁代わりにして、納豆を食おう」

意味はまるでわからなかったが、満足げな気分だけはよくわかる。だいいち、おいしそうじゃないか。その夜、わたしがキャベツと豚肉の炒めものをつくったのは言うまでもない。

さて、それから二ヶ月ほど経った日の午後である。おなじ喫茶店で

いつものように本を読んでいると、ドアベルがちりんちりん、何気なく顔を上げると、おや、このあいだの二人連れである。今日もTシャツとジーンズ、サンダルで、コーヒーを注文すると、お決まりの流れで傍らのラックから新聞と雑誌を取り出す。

わたしは期待しました。きっと言うぞ、言うぞ。視線は手もとの本に落としてみたものの、耳がそわそわして読書どころではない。待つこと二十分。新聞二紙とスポーツ新聞一紙を読みおえた男は、れいのひと言をついに放った。

「今日のめし、なんにすんの?」

わたしは小躍りしたい衝動を抑え、固唾(かたず)をのんでつぎの展開を待ち受けた。女はまたしてものんびりと、しかし間髪入れず応じた。

「ミートソース」

すごい。彼女の頭のなかにはメニュー表がきっちり組みこまれているのだ。なんでもない料理の名前ひとつなのに、やたら幸福感が押し寄せる「ミートソース」の響きが憎い。若くても、やるもんだなあ。

さらに展開があった。

「サラダもちゃんとつけてくれよ」

「了解」

クールに言い放ちながらもぜんぶを受け容れるさまは、慈母のようでもある。しかも席を立つとき、とうぜんのように自分の財布から自分のコーヒー代五百円を取りだして男に手渡すのだった。

男が情けないのではない。女のほうが男前なのである。

くやしい口笛

誰かを待っているのか、路肩に止めた車に半身寄っかかって、おじさんが口笛を吹いている。遅咲きの梅も満開で、なんだかウグイスみたいだなと思いながら耳を澄ますと、そのメロディは「第三の男」なのだった。最近めったに口笛を聞かないからよけいにうれしくなり、しばらく「第三の男」の余韻を味わった。春はずいぶんいいものが聴ける。

口笛は男のひとの専売特許で、どうも女には似合わない。女が懸命にひゅーひゅーやるより、男性が細くてやわらかな音を鳴らすと妙な色気があるから不思議である。ただし、あの口笛だけはいただけなかった。もう三十五年もまえのことだが、いまだに苦笑してしまう。

大学二年の春休み、帰省するために新幹線に乗っていたときの話である。まず東京駅で新幹線に乗って岡山駅で下車、つぎに在来線に乗り換えて、倉敷で降りる。新大阪—岡山間に新幹線が開通したのは一九七二年、それから四年経ったころで、東京—岡山はゆうに四時間半を要した。いまでは「のぞみ」に乗ればあっというまだけれど、当時はじつに長い道中だったのである。

話の中身はこうである。新幹線の座席に座っていると、すぐ後方か

ら口笛の音が聞こえてきた。車両はずいぶん空いているのに、はた迷惑だなと思いながら、文庫本から目を離さないことで気にしないよう努めていた。ところが、しだいに口笛は確信めいてくる。座席の背の脇をすり抜け、あきらかにこちらに向かって発せられているのだ。うるさくて気が散る。しばらく我慢したが、口笛は止まない。わたしはそっと席を立ち、自動ドアの外、つまり車両連結の通路に立ってしばらく時間を潰すことにした。ところが、である。数分後に自動ドアが開いて出てきたのはさっきの口笛男なのだった。年のころ二十代後半。顔も見ていないのに、どうして口笛男とわかったか。それは、男が反対側の窓際に立つなり、さっきの口笛を吹きはじめたからだ。

いったいなんのつもりだ？　視線を合わせると面倒が起こると踏ん

だわたしは、身を硬くして車窓を眺めるふりをし続ける。あと十五分ほどで名古屋に着くだろうか。しかしなんてこった、男はしだいにメロディに情感をこめはじめたのである。つまり、「感じ」を出しはじめた。

このあたりでようやく気がついた。もしかしたらこの男、口笛を手段にして口説いているつもりなのか？　だとしたら、そうとう気味がわるい。その鬱陶しさを表すとすれば、いまなら「うざい」という便利な一語がある。

男がこれ見よがしに情感を醸してくる「感じ」にほとほと閉口した。口笛男の口説きの選曲、それは「なごり雪」なのだった。一九七五年、イルカがシングルリリースしたこの曲はだいすきだったが、聴きたい

のは断固いまではない。しかしこころの絶叫は届かず、いっぽう「なごり雪」はサビの部分に差しかかってさらに盛り上がっている。居ても立っても居られなくなったわたしは、ぱっと踵（きびす）を返して座席へ戻り、荷物をひっつかんでそそくさとべつの車両へ向かって逃げた。

　春になると、「なごり雪」の曲を思いだす。しかし、耳の奥にこびりついている新幹線の「なごり雪」口笛バージョンもついでに思いだしてしまうのが、ものすごくくやしい。

パリの謎解き

パリの男はコートやストールの使いかたがやたら上手い。もちろん女だっておなじで、どうやったらあんなふうに小物をさらりと使いこなせるんだろうとため息が出る。白髪の男性が丈の短いベージュのコートをはおり、首もとに赤いマフラーをちらっとのぞかせて石畳を足ばやに横切る様子など、呆れてしまうくらいさりげない。冷え込みはじめた夕方、サンジェルマン・デ・プレのカフェでお茶を飲んでいる

と、向かいの席の冴えない感じの黒セーターのおじさんが、紫がかったそれは美しい青いストールを首にぐるぐる巻きつけ、いきなりかっこいいパリジャンに変身して立ち去ったので、唖然とした。男も女もお洒落に気を遣っていますといういかにもな風情が稀薄なところが文句なくすてきだ。

先ごろ十日間ずっとパリにいたら、その理由がすこしわかった気がした。なにしろ天気がころころ変わる。雨が降ったり、急に冷え込んだり、ぱっと晴れて気温が上がったり、だから、コートやマフラーやストールは温度調節の道具なのだ。つまり、生活道具を使いこなすために鍛えられた実用的なお洒落が土台にはある。

「そうね、自分のことは自分で守るという考え方は、パリのひとには

徹底しているわね」

フランス在住歴四十年に近いマダム・キシが言う。ほら、お洒落のスタイルみたいに思われているバッグの斜めがけ、あれだってひったくられないための知恵よ。

マダム・キシは用心ぶかい。いっしょにメトロに乗ると、「中側に乗りましょう」。こんなに空いているのに？ と聞くと、扉の近くに立っていたら出がけにバッグをひったくられる可能性があるから。ゴールドのネックレスをひきちぎられて大怪我をしたひともいるの。それにあたしだって、とマダムは続ける。

「みょうな気配がするから自分のバッグに手を入れて確かめたら、他人の手を摑んじゃったの。ぎょっとして隣の女を咎めると、平然とし

て『なにもしてないわ』。じっさいバッグのなかで手を摑まれてるのに」

そんな話をこそこそしていると、乗り換えの多いシャトレ駅でどっと人が乗ってきた。向こう側の入り口で大きな声がするから何事が起こったかと視線を遣ると、四十代後半の栗毛色の髪の男である。手には数冊の絵本を持って、乗客に掲げている。

「こう言ってるわ。おれは離婚して、男手ひとつで子どもを育てて苦労の日々だ。ようやく恋人ができたのに、フラれてしまった。食べるものにも困る毎日だ。哀れに思ったら、この絵本を買ってくれ」

さすがシャンソンみたいな口上だなあ、とへんな感心をしていたら、一冊も絵本が売れないので男はとっとと隣の車両へ移っていった。二

駅先のサン・ミシェル駅で、こんどはアコーデオン弾きが乗ってきてメロディを奏ではじめ、相棒のおじさんが投げ銭入れを差し出して歩く。

この街のあちこちには生活がむきだしのまま、そこにある。お洒落があんなに小粋で板についているのだって、自分の身をだいじに守る行為の産物だと思えば、パリの謎がすこし解けた気になる。そして、うっかり油断すると、たちまち煮え湯を飲まされるのもパリという街なのだ。じっさい、わたしは身をもってそのことを痛感することになった。

その午後は、パッサージュの集まっているボン・ヌーヴェル大通りからパレ・ロワイヤルあたり、マダム・キシといっしょにぶらついて

いた。十八世紀にできたパッサージュはガラス屋根のアーケードで、内壁はいかにも優雅なアーチだし、床は大理石のモザイク模様。通路の両側にちいさな店がぎっしり肩をならべ、アンティーク屋、古切手屋、手芸屋、リボンやレース屋、古書店、アクセサリー屋……まるで宝石箱かおもちゃ箱みたい。そこを、古切手屋に入っては眼鏡をかけ、はずし、レース屋でまた眼鏡をかけてしげしげと眺め、はずし、バッグにしまう。ばかばかしいほど煩雑でせわしなく、自分でもうんざりしかけていた。

おぼろげな予感はあった。

（これじゃあ失くさないほうがおかしい）

通りの名前を確認するために立ち止まって地図を読まなければなら

ず、眼鏡の出し入れの不便さは最高潮に達しようとしていた。

パッサージュをいくつか渡り歩いたところで、パレ・ロワイヤルの中庭沿いのカフェでお茶を飲みましょうということになった。おじさんたちが中庭でペタンクに興じる姿など眺めながら、渡されたメニューを開いてバッグから眼鏡を取りだす。

あれ？　眼鏡がない。あわててバッグの中身を調べるのだが、ないものはない。眼鏡がなければ、わたしは目を失ったもどうぜん。動揺しつつ、どこで失くしたろうと必死で時間を巻きもどす。

「あそこじゃない？　郵便局」

マダム・キシが言う。パッサージュをぶらつく途中、郵便局に行って切手を買った。あのとき切手の値段を確かめるために、そう、たし

かに眼鏡を使った。

がば、と席を立って支払いをすませ、ふたりで郵便局に向かう。

(どうか見つかりますように、ちゃんとありますように)

つんのめって早足で歩くわたしに、心中を見透かしたフランス在住四十年のマダム・キシが告げる。

「パリではね、ちょっとでもうっかりすると、眼鏡はすぐ持っていかれる。わたしも友人たちも、何度買い直したことか。ほんの一瞬目を離しただけで絶対なくなるのが、パリの眼鏡の落としものよ」

意地悪ではなくて、遠回しにこの街での過ごしかたを教えてくれているのである。ひとが使う眼鏡だもの、見つけたら誰かが取っておいてくれるだろうと期待するほうが甘いのだ。

郵便局に着いた。マダム・キシが窓口に行って事情を縷々説明すると、相手は間髪入れず言った。

「ああ、彼女がかけていたあの眼鏡ね。よく覚えてるわ、特徴があったから。でも、ここにはない」

ほかの職員が奥から出してきてくれた忘れもの箱をろくに確かめもせず、彼女はもう一度つよい口調で断言した。

「ここにはない」

引き下がるしかなかった。切手コーナーのあたりもさんざん探したけれど、やっぱりどこにも見つからず、肩を落としてその場をあとにした。

郵便局をでるなり、マダム・キシはつぶやいた。

「怪しい……」

しかし、それ以上事態は動くはずもなく、すっぱりあきらめる以外に道はない。失くした自分が悪いのだ。打ちひしがれながら近所の薬局に行き、とりあえず百四十ユーロの安い老眼鏡を買った。

体重計商売

　その手があったか！　ぽかんと口を開けた。こんな商いが世のなかに存在していたとは。気温四十度を超えた灼熱（しゃくねつ）のインド、オールドデリーの路上である。

　痩せぎすの中年の浅黒い男が、一台のライトブルーのちいさな体重計を路上にぽんと置き、街路樹に寄りかかっている。ところどころ錆が浮きでた四角い平台で、乗ると足もとの針が振れて目盛りを指す、

ありふれた体重計。一瞬面食らったが、すぐに見当はついた。ははあ、男は体重計の使用料をとる「売り子」なのだ。脇に置いた紙片に「30 Rs.」と書いてある。金額は一回につき三十ルピー。風に吹き飛ばされないよう、紙片のはじにちゃっかりと小石がのせてある。

なまけものなのか、たくましいのか、我慢づよいのか。知恵があるのか、ないのか。頭のなかがぐるぐる回る。日がな体重計の番をしているより、ほかの仕事をしたほうが効率がよくはないか？　近所のホテルに泊まっていたから外に出るたび前を通りかかるのだが、この四日間だれひとりとしてお客を見ないし、だれも気にもとめない。いや、もしかしたらこれは仕事ではなくて、趣味なのだろうか。

男はどこ吹く風で、昼まえからずっと立っている。これがおれの営

業方針だとばかり街路樹に寄っかかったまま、客引きをするでもなく通りを眺めてひまを潰している。よれよれの白い化繊のシャツ、すそをまくり上げたズボン、はだしにサンダル。あんまり泰然自若としているから、こっちがおみそれする。

ふしぎなもので、いったん存在を認めると、体重量り屋はしばしば視界に入るようになった。つぎに現れたのはタイのバンコクである。こっちの体重量り屋は、サイアムスクエアに架かった歩道橋の上にいた。ま新しい体重計はぴかぴかでまぶしいが、やっぱり足を止める者はいない。それでも男は折りたたみ椅子に腰かけ、体重計の番人を律儀につとめているのだった。

三度めにおなじ商売に遭遇したのは中国東北部、河北省の自由市場

である。北京から汽車に揺られて河北省にやってきた初日、まず市場をぶらつきに行った。「あのう自由市場はどこですか」。筆談しいしい探し当てると、だだっ広い空き地にひとの群れが蠢(うごめ)いており、よく見ると、ちいさな露店が群れをなしている。鍋釜屋。文房具屋。車の部品屋。書画骨董(こっとう)屋。下着屋。シャンプー剤屋。靴屋。ハンガー屋。石けん屋。雑誌屋。ハンマーや金づち屋。ラジオ屋。鉢植え屋。ねじ屋。雨傘屋。子ども服屋。食器屋。露店にびっしり、新しいもの、古いもの、きれいなもの、汚いもの、使えるもの、使えもしないもの、いいもの、どうしようもないもの。

体重量り屋は、喧噪のなかにうすぼんやりと佇んでいた。古ぼけた体重計は、土埃(つちぼこり)にまみれていっそう煤(すす)けている。バンコクとおなじく

料金の表示はとくにない。開襟シャツとチェック柄のズボン、髪をたらした若い男は、狭いながらも自分の持ち場をきっちり死守しているのだった。

しばらく歩いてふと振り返ると、人混みの向こうに体重量り屋の男が見えた、さっきとまったくおなじ格好で。インドでもタイでもおなじだった。あれはどういう修行なのか。

怒られ方にも技がある

横断歩道でおばあさんが腰をかがめ、孫を相手に盛んに説教をしている。男の子は頭にかぶった黄色い幼稚園帽のゴムひもを鼻の下にひっかけ、ひょっとこ顔だ。二人の隣に立って信号が青に変わるのを待っていると、ため息まじりの声が聞こえた。

「何度言ったらわかるんだい。いちいち立ち止まって犬のうんこなんか眺めるんじゃない。こわい病気になってもおばあちゃん知らないよ

っ」

　おやおや、犬のうんこくらいこころおきなく眺めさせてやったらどうだ、未来を担う科学者になるかもしれないじゃないかと思いつつ、それもそうだとも思う。路上でまじまじ観察している隣で待たされるのは退屈にちがいない。幼稚園に迎えにいくたび辟易させられているのかもしれず、孫を怒る口調に懇願の気配が混じって、まるで路上漫才だ。

　ところで、叱ると怒るのはずいぶんちがう。叱るときの根底には相手を伸ばしてやろうという愛情がある。いっぽう怒るときは、とかく「怒りたい」感情が先だって一方通行になりがちだ。怒っている本人がしだいに昂揚してくるところもやっかい。理不尽な矢が雨あられの

ように飛んできたら、怒られる側にもそれなりの盾は必要のようである。

もう二十年以上も前の話なのだが、みょうに頭にこびりついている一件がある。ある有名な外国のソーセージについて書いたときのことだ。そのロゴマークもいっしょに掲載する約束だったらしいけれどわたしには伝えられておらず、取り仕切った広告代理店の担当者も見逃してしまった。マークのないまま出た記事に輸入元の担当者がおかんむりで、たまたま書いたわたしと広告代理店のおじさんが呼びつけられることになった。

お小言を頂戴しに出向くのは気が滅入(めい)ったけれど、怒られさえすれば事態が収束するならと指定された時間に雁首揃(がんくびそろ)えて行くと、現れた

のは三十そこそこのいかにも有能そうな美人課長である。おじさんが名乗ると、「あー、あんたたちね」。顎(あご)をしゃくって廊下の先の会議室へ促す。怒る気まんまん、先頭をゆくハイヒールの音がカッカッ派手に鳴った。

と、そのとき。廊下に落ちていた名刺を拾おうとしゃがんだ美人課長の姿勢がまずかった。腰を落とさず手を伸ばしたせいでスカートが一瞬ずり上がり、視界はあまりにまぶしい。後方に立ち止まっていた背広にネクタイのおじさんはにやりと不敵な笑いを浮かべ、こちらに視線を送ってくる。わたしはあわてて目を泳がせた。

頭ごなしに怒られつづけていると、たとえこっちに落ち度があっても、だんだん理不尽な気分が湧いてくる。怒りにまかせた正論は、何

度も繰り返されれば壊れたレコードみたいに聞こえてきて、いっそう哀しい。ひたすら怒りの雨あられに耐えていると、脳がしきりに思い出したがる一場面があった。たいへんもうしわけないが、それはさっきの廊下のまぶしい風景である。神妙な顔つきをつくりつつ、ひそかに苦笑い。ようやくお白洲から解放されて外に出ると、我慢の限界寸前だったおじさんはにやり、ふたたび不敵な笑いを向けてきた。

怒られかたにも技がいる。ときにはこっそり鼻の下にゴムを。信号が青に変わると、男の子はさっさと駆けだし、ひょっとこ顔のまま横断歩道を渡るおばあちゃんを先回りして待っていた。

言わない約束

社会人一年生というのは、ふしぎに目立つ。駅のホームに立って電車を待っていたりするとき、(あ、新入社員だ)。こっちは勤め人でもないのに、なんとなくわかってしまう。小学一年生のぴかぴかのランドセルがいかにも初々しく映るのとおなじで、着慣れないスーツに皮膜のように張りついた緊張感がどうしても周囲に洩れてしまうのだろう。背中にこっそり、がんばってねと声を掛けたくなるのだが、はて。

立ち止まって自分の来し方を思う。おとなになって、あれやこれや（知らなくてもいいことまで）それなりに垣間見てきたけれど、世間の荒波を漕(こ)ぐ櫂(かい)はいろいろあるもんだな。

　おとなになるまで想像もつかなかったことのひとつは、これだ。

「ひとは、正しいことを言われるとつらいときがある」

　学生時代の自主ゼミ仲間が男女まじえて十数人集まったことがある。会場の居酒屋に三々五々集って定刻にはじめていると、ひとりだけ来ない。だれかと思えば、むかしも遅刻の常習だった男である。にんげん変わらないもんだなあと思いながら久しぶりの雑談に興じていると、二十分ほど過ぎてから息せき切って座敷に駆けこんできた。

「すまんすまん、遅れちゃって。会社を出ようとしたら、急にヤボ用

ができちゃってさ」

鼻のあたまに汗をかいている。走ってきたらしい。

「お先にやってるよ。まあまあ座ってビールでも」

声が掛かって、空いている席におさまりかけたところへまた声が掛かった。

「おまえ、ぜんぜん変わってねえな。いっつも遅刻ばっかし」

するどい突っこみに、一瞬気まずい沈黙が座を支配した。ところが、すかさずほかから声が上がった。

「おいおい、それは言わない約束でしょう」

わははと笑いが起こって空気がほぐれ、ぶじに「じゃああらためて乾杯」となったのだった。座を救ったのは幹事役で、むかしから人間

関係を調整するのが得意だった。

「言わない約束」はおとなのせりふである。言った者をあらかじめ認め、いっぽう、言われた者には救いの手を差しのべる。第三者の立場をみごとに行使してどちらさまも平たく均（なら）し、ついでに抑えもきかせ、場をまるくおさめるのである。おいおい、正しいけどさ、言われた相手は立つ瀬がなくなるよ。穏便にたしなめるせりふ。


便利な防御にもつかえる。先日、ともだちに「すごくいいパソコンの研修会があるんだけど」と誘われたので、「時間がないかも」と曖味にしていると「どうせ興味ないんだよね」。ばっさり切り捨てられたので、応じてみました。

「それは言わない約束でしょう」

あたしにだって、なけなしの向上心はあるのよ。

そういえば、似たせりふがあった。

「それを言っちゃぁおしまいよ」

ごぞんじ寅次郎の捨てぜりふである。オイちゃんと大ゲンカになったあげく、寅さんがバチッと決める。「それ」はつまり「ほんとうのこと」。本音を口にされちゃぁ立つ瀬がなくなる。男はつらいよ。女はつらいよ。この世はおたがいさまなのである。

おやじの教訓

T氏と仕事の話をしていると、喫茶店の窓ガラス越し、向かいの日陰に靴磨きのおじさんが陣取って仕事に励んでいる。お客は半袖白ワイシャツの初老の男性で、左足を差し出して扇子をぱたぱたやっている様子がさまになっている。

「靴磨きなんていまどき珍しいですね。あのお客、堂々としているのがいい」

T氏は言い、続けた。

「サービスを受けるときは堂々とやれ。これはおやじの教訓なんです。じつは僕、こどものころ三年間タイに住んでいまして」

意外な話の展開に、へえそれで、と身を乗りだした。

「エンジニアの父親がタイに転勤することになって、一家でバンコクに引っ越したんです。いやぁ驚きました。東京では狭い家に住んでいたのに、とつぜん門から玄関まで何分もかかる屋敷住まい、メイドと運転手付き。母親が面食らって、運転手はともかくメイドはいらないとゴネたのですが、父は『ここではそういうもんだから』となだめすかしました」

似た話を聞いたばかりだった。夫の転勤先のマレーシアからもどっ

てきた知人の話は、こうである。豪邸に通いのメイドがふたり、運転手がひとり、ふだんの買い物はすっかりひと頼みになり、自分で市場に買い出しに行きたくても、むやみに動けばメイドの仕事を奪うことになる。五年の転勤期間が終わって帰国、一年ほど経ったころ、新宿のデパートで買い物をして紙袋を両手にぶら提げて表に出たときのことだ。迎えの車がすーっと近づいて目の前でドアが開くのを当然のように待っている自分に気づいて、呆然。あたし顔がまっ赤になったわよと彼女は告白したのだった。生活格差は修正できても、経済構造や文化の違いはかくも骨身に沁みこむものらしい。

さて、T氏の話の続きである。

「三年暮らして戻ったのですが、僕が高三のとき、またタイに転勤命

令が出た。受験が迫っていたので、こんどは両親だけ引っ越したんです」

そのまま両親はバンコクに住みつづけ、親子べつべつの生活が続いた。ぶじに就職が決まった大学四年の正月、友人ふたりといっしょにバンコクの家に遊びに行ったときのことだ。「今日はおまえたちをいいところに連れていってやる」と父が言うので期待していると、ばかでかいクラブである。ボックス席に座ったらホステスたちが雲霞(うんか)のごとくやってきて、箸の上げ下ろし(ものの例えです)に至るまで寄ってたかって面倒を見ようとするから狼狽(ろうばい)し、かたわらの父親に助けを求めようとした。すると、あのカタブツの父がされるがままになって相好を崩し、好々爺(こうこうや)をやっているから仰天。とまどって凝固している

若者三人に向かって、先達はおごそかにひと言言い渡したという。

「客には客の礼儀ってもんがある。おまえたち、堂々としろ」

家では謹厳実直な父親が、わざわざ見せなくてもいい姿をなぜ息子にさらしたのか、おとなになってはじめてわかりましたとT氏は言う。

「離れて暮らしてきた息子が社会に出ようというとき、身をもって教えようと思ったんですね。ヨノナカの社会の仕組みのあれこれを」

でも、あのときの鼻の下を伸ばしたおやじの姿はショックだったなあ、やっぱり。T氏は苦笑しながら靴磨きの光景に視線を戻し、コーヒーを啜った。ちょうどお客が立ち上がって、財布から札を取り出そうとするところだった。

地雷、はじける

　久しぶりにデパートの化粧品フロアに行く。化粧水を一本買い足したいだけなのだが、足を踏み入れるなり、色と香りの絢爛（けんらん）豪華な洪水に圧倒され、またしても気おくれする。毎シーズン星の数ほど登場する新製品についていけるはずもなく、それどころか情報不足に輪をかけた知識不足。物量に包囲されたまま、いつものことだが呆然とする。

　きっと化粧にたいする探求心というものが足りないのだろう。雑誌

の美容記事を開いてみると「このままではいかん」とあせるのだが、そのあせりは「ま、いっか」「なるようになれ」、安易な方面へ流れるのがつねである。しかし「寄る年波には勝てない」というフレーズも気になるわけで、突発的に反省してやる気をださねばと奮起、こうしてたまに化粧品売り場に向かうのである。

通路脇に立ったまま、きれいなお姉さんに新製品の下地クリームやら美容液やらぐいぐい勧められる。しかし、つぎのもう一歩が踏み切れない。

理路整然、立て板に水の商品説明にうなずいてみるものの、よしあしの比較ができないのである。それ以前に自分に必要なのかどうか、まずそこからして判断に困って内心うろたえる。はあはあと聞いてい

ると、メイク落としだけで三工程が追加され、暗に自分のだめっぷりを示唆される。

けっきょく挫折。今回もいつもと同じマスカラと化粧水を買い足しただけで帰ってきた。熱気から抜け出た解放感を味わいながら、思う――きょうも進歩がなかった。現状維持では「寄る年波には勝てない」だろうに。わたしは尾っぽを丸めてすごすご退散する負け犬になっているのだった。

おおきな地雷、ちいさな地雷はあちこちに潜んでいる。ただ買い物をしただけなのに自分が無能な人間になった気分を味わうのが、たとえばカードのお誘いである。クリーニング。電気屋。スーパーマーケット。先日など、さんまを買ってもカードである。大手の魚屋で支払

おうとしてレジで財布を開くと、すかさず。

「カードはお持ちですか」

とつぜんのご下問である。

「いえ持ってないです」

こんどは自動的に勧誘に切り替わる。

「おつくりになりませんか。登録なさると値引きサービスがつきます。便利ですよ」

ただ、さんまを買おうとしただけなのに、激しい展開についていけない。

「い、いいえ、今日はいいです」

どうして「今日は」と言ってしまうのか、その意味がわからず、自

分の弱気がかなしい。

行く先々で種々のカードをあざやかに切り分ける気力も能力もないわたしは、この手のお誘いはひたすらご辞退もうしあげる。それに、いちいち首をたてに振っていると財布のなかはあっというまにカードであふれてしまいます。

しかし、さんまをぶら提げた帰りがけ、べつの思いが頭をもたげる。

(もしかしたら、わたしは損をしているのだろうか?)

ちいさな地雷が足もとではじける。

ただ買い物をするだけなのに横滑り、するっと損得に引きずりこまれるところがくやしい。理不尽じゃないかと思うのだが、ほとんどの場合負け犬になって、気分がずるずると右肩下がりになる。

化粧ひとり芝居

「結果」は見えても、「過程」は見られない。だから、ひとが化粧をする様子には気を惹かれるのだろう。井上ひさし作の芝居に「化粧」がある。旅一座の女座長が化粧をしながら実人生と役柄を重ね合わせるひとり芝居で、渡辺美佐子が二十八年演じつづけた当たり役でもあった。そもそも化粧をしている姿は、他人の秘密をかいま見るような昂揚感を連れてくる。

その日は地下鉄で本を読んでいた。始発駅で座ってから二十分ほど読み耽ったが、何気なしに顔を上げて「あ」となった。向かいの座席の若い女性が熱心に化粧中である。年のころ二十五、六、ベージュに白いブラウスのスーツ姿。すこしだけ蒼井優に似ている。昼下がりの車内で、おとなしい格好と大胆なふるまいがアンバランスに映ってがぜんひと目を引いた。

いまどき電車のなかでの化粧は珍しくもないが、思わず身を乗りださせて迫力いっぱい。バッグからよいしょっと出したポーチからチューブを取りあげ、ファンデーションを指にひねりだして手鏡を見ながら顔六ヶ所にちょんちょん、それをパフで伸ばす。まさかのイチからのスタートである。

作業はちゃくちゃくと進行する。左手で手鏡を固定、ペンシルで右の眉、左の眉を描く。こんどはブラシに持ちかえ、まぶたに焦げ茶、重ねてグレイのアイシャドウ。手つきはきわめて的確で、狂いがない。それとは反対に、隣の座席のおばさんがもぞもぞ反応しはじめた。批判がましく蒼井優の手もとをじろじろ凝視する。しかし蒼井優、まるで動じず。

わたしは三年ほどまえに遭遇した「化粧事件」を思いださずにはいられなかった。おなじように電車の座席で若い女の子が化粧をはじめ、隣には白髪まじりの女性が座っている。ふたりの前で吊革につかまって立っていると、ついに白髪のお方がぶち切れた。降りがけのタイミングで、きつい一発。

「あなた、化粧はひとが見てないところでしなさい」

きょとんとしている女の子に、さらにおっかぶせる。

「秘すれば花という言葉があるんです。覚えておきなさい」

ドアが開くと身を翻して出ていったわけだが、しかし女の子は平然の構えを崩さず作業続行。二駅過ぎたところできっちり口紅を引き終えて降りていった。車内に浮遊したままの「秘すれば花」のリアルな響きが、尻のあたりをもぞもぞさせる。

目のまえの蒼井優にしても、あっけらかんとしたものだ。ああっと息をのんだのはアイラインに取りかかったときで、鏡の位置をぐっと下方へずらし、あごを引き上げ、まぶたを伏せ、睫毛(まつげ)のきわが露(あら)わになったところへアイライナーの筆先を当てる。極細の黒い線をしゅー

っ、おみごと！　地下鉄の振動と周囲の注目をものともしないアクロバットに、かなり感動する。つぎはいよいよマスカラに進む。

隣のおばさんに目を遣ると、まったく悪びれない行状に針が振り切れたのか、呆れ果てたのか、もうどうでもいいかんじ。わたしはといえば、めったに目撃できない高等テクニックに見惚れ、刻一刻と化粧を完成させてゆく蒼井優のひとり芝居からもはや目が放せない。

シュールな穴ぼこ

薄ぐもりの日

都心の文房具店に出かけた帰り、ひとつ手前の駅で降りた。午後三時を回ってほどよく日が陰り、久しぶりに大回りをして三十分ほどの道のりを歩いて帰る気になる。

大型トラックが数珠つなぎになって爆走する幹線道路を越え、住宅街に入ると、うそのようにひっそり閑と静まる。ただし庭だけはとて

も雄弁で、「うちはすっかり金木犀が散りました」「うちはコスモスが満開です」。さかんに語りかけてきて、さながら動く植物図鑑。

路地を渡りながら進み、黄と緑のだんだら幕のテント屋根の牛乳配達屋の角を曲がる。見覚えのあるピンクの公衆電話がずいぶん煤けていてせつなくなり、思わず目をそらす。すると、その方向から奇妙な人影が視界に飛びこんできた。

柴犬を連れたおじいさんが黒いこうもり傘をさしているのだ。青い空に向かってなにひとつ迷いなく、堂々と、たかだかと。喉の奥がぴたっとくっついた。遠慮も放り捨ててまじまじと見ると、ごま塩頭のおじいさんの頭上にはやっぱり黒い傘が広がっている。

とっさにわたしはなにを思ったか。

「雨が降っていることに気づいていないのは、わたしのほうだろうか」

ちいさな柴犬をおともに従えて、おじいさんは悠然と近づいてくる。すれ違うとき、黒い傘がぴょこんと揺れて挨拶をしたように見えた。

秋晴れの日

散歩ついでにいつもの自然公園まで足を延ばし、池沿いの遊歩道を歩く。ハスがだいぶ枯れている。コサギが置き石にとまって白い頭をきょときょとさせているのが愛らしい。ずいぶん冷えこみはじめたなと身構えて衿(えり)をかき合わせると、ポニーテールの三十過ぎの女のひとがたったか通り過ぎてゆく。えっ。目の前に顔がある。そのひとはわたしと対面する姿勢、つまり後ろ向きに歩いているのです。前方をき

っと見据え、視線を動かさず、能面みたいな無表情で。

ジョギングウエアを着ているから、新式の逆歩行トレーニングなのか。わたしは自分を疑った。

「逆を歩いているのは、わたしのほうだろうか」

夜から雨が降るらしい日

近所の書店に寄る。新刊コーナーに積んである自分の新刊の前で、いじましくも残部を数えてしまう。すでに十冊売れた模様。はんぶん安堵、はんぶん不安。複雑な胸中を鎮めようと旅の本のコーナーに移動する。数週間まえ旅をした瀬戸内のガイドブックに手を伸ばそうとして、ん？　勝手に足が止まった。

おじさんが細いズボンに重ねてセーターを穿いている。腕のぶぶん

に脚を通し、そのままズボンを穿くみたいに尻まで引き上げ、胴のところをきゅっと縛って固定しているのです。上はふつうのシャツ。首を出すところは股の位置だから穴が開いているのだろうけれど、残念ながら確認できない。ありえない。うそだろうと目をこするのだが、何度眺めても、たしかにセーターなのだった。わたしは弱気になった。

「セーターを穿くのを知らないのは、わたしだけかもしれない」

代々木さん

高校のとき、同級生に「御厨さん」という名前の子がいた。カトリックの私立女子校で、付属の中学からそのまま上がってきた生徒のほかは、近隣の県からの入学もふくめるとほとんどが初対面だった。「御厨さん」は他県組である。

「御厨さん」は切れ長の瞳がいかにも聡明そうで、楚々(そそ)としたおとなしい子だった。おたがい教室のすみでぽつねんとしていたから声をか

けてみたかったが、なぜか近寄りがたく思われたのは名前のせいだったかもしれない。

なにしろ呼びかけようにも、名前がわからない。いや、わからないのではない。「読めない」のです。読みかたのとっかかりもつかず、手足をもがれたダルマの気分である。いま思えばあっさり本人に聞けばよかったものを、新米高校生にはその勇気がなくて初日からいきなり、かるく挫折した。

さて、授業の第一日め、古文の時間のことだ。ぴかぴかの古文の教科書を開くと、「やむごとなし」「すずろなり」「あらまし」「なべて」……見慣れぬ言葉がならんでいる。気圧(けお)されてなかば呆然としていると、古文の教師が出席簿を片手に教室に入ってきた。

まず、名前の点呼である。ひとりずつ呼ばれるたび、「はい」と応じる。「御厨さん」の番になった。古文の教師はほんの一瞬出席簿に目を近づけたが、しかし迷いなく、きっぱりとおおきな声で呼んだ。

「みくりやさん」

ほおお、感嘆の空気音が教室に響いた。わたしたちは入学式のあとの自己紹介のとき、彼女の口から「みくりや」と読むことを知ったけれど、古文の教師は初見でさらりと読んだのである。あのどよめきは、教室中のみなおなじ気持ちだったことの証なのだった。以来今日までわたしは、身近であらたな「御厨さん」についぞ出会うことがなく、彼女の存在感は「みくりや」の響きとともに記憶のなかでなお鮮やかだ。

いっぽう、なぜか目の前の顔と一致しづらい名前というのがある。ひとそれぞれ違うだろうが、わたしには「田中さん」と「山田さん」が勝手に入れ替わってしまう困った癖がある。「田中さん」を「山田さん」と呼び、「山田さん」を「田中さん」と呼びたくなってしまうのだ。無礼千万である。とっさに「えーとどっちだっけ」と頭が混乱し、「たしかこっちだ」。決然と「田中さん！」と呼ぶと、相手が憤然としながら「あのー山田ですけど」。もうしわけなくて、腰を四十五度に折りながら必死で取り繕う。その地雷を踏まないために、「田中さん」と「山田さん」は姓ではなく名前のほうで覚えることにしている。

ついきのう、「世界一印象度のうすい者です」とみずから名乗るひ

とに会った。S出版社の編集者で、三十代の男のひと。名前を「佐々木さん」という。

「佐々木さん」は言う。

「何度も会っているのに、ほうぼうで『はじめまして』と言われるのです。それどころか『代々木さん』と呼ばれたりもします」

控えめでおだやかな男性だから、わからないでもない。しかし、わたしは思いました。それほど際だって印象度が薄いというのは、むしろ誇らしいとくべつな存在感というべきではないかしら。

こっそり甲羅干し

あ、いま時間が緩んでる、と思うことがある。ゴムがびよよんと伸びて緩んだかんじ。むかしは服やらパンツやら平たいゴムが輪になって通っていて、前触れもなく緩んだ。泡を食って、ずり上げ、ずり上げ、家に帰ってからもぞもぞはき替えるのは嫌いじゃなかった。

ぬくい日にも、時間はよく緩む。その日は朝から絵空事のように青空で、おもしろいほど気温が上がった。待ち合わせのためにガラス張

りの喫茶店の窓ぎわに座っていると、東の方角から燦々と日差しが入ってきて、カイロのなかに入ったかのようだ。

おや、あれは？

ぼんやり外へ視線を遣ると、黒いジャケットを着た男が向かいの路地の角（すみ）っこに立っているのだが、目を閉じてうっとりしながらオーラを放っている。その場所だけ、あきらかに時間がたぷーんと溜まって緩んでいるのだ。

向こうから見えないのをいいことに、じっくり観察する。不審人物は太陽と向き合うように立って顔を空のほうへ差しだし、両目を閉じて直立不動。いったいなにをしているのか。

わっ、と尻が浮いた。見慣れた黒縁めがね！　身を乗りだすと、あ

れは地元の友だちのH氏ではないか。こんなところであなたはいったい……。訝しんで、はっとした。以前H氏は話していたっけ。

「おれ偏頭痛持ちでさ」

おたがいの身体の調子が話題になったとき、最近いい頭痛解消法を見つけてね、と言う。

「晴れた日に、太陽に向かって立つんだ。日差しを頭のなかに取りこんで、目を閉じて、わずかに頭を左右に振る。すると、ほんとに偏頭痛が軽くなるんだよ」

あのとき話していた頭痛解消法を、H氏はいま、町なかの路地角でおこなっているのである。ははあ。わたしは推察した。とびきりの日差しの誘惑に勝てず、思わず実行におよんだのだ。

とりあえず見守っていると、二、三分過ぎてから満足したふうに駅のほうへ立ち去っていった。すたすたと、なにごともなかった顔をして。しかし、町なかで堂々と「不審なひと」をやっているH氏は、なぜか崇高なかんじがした。そこだけ時計の針がくんにゃりと歪(ゆが)んで、とても優雅に緩んでいたのである。

あのかんじ、なにかに似ている。ずっと思いだせなかったのだが、おととい川っぺりを歩きながら「そうだったか!」。ようやく腑に落ちた。

亀の甲羅干しである。

やっぱり天気のいい昼下がり、散歩がてら自然探勝路を歩いていると、川のほとりに突き出た杭(くい)のうえに一匹の亀がいた。四本の足を踏

んばり、甲羅を太陽の方角に向け、首をぴよーんと高らかに伸ばし切っている。ぴたり、微動だにしない。のんきに銅像になっているのだが、そこだけ永遠の時間に包まれて優雅きわまりない風景に映った。

声をかけたくなった。

おーい、亀。甲羅干しは気持ちがよさそうだな。

亀はなんにも答えない。甲羅に刻まれた亀甲模様を眺めながら、あそこで時間が緩んでいる、わたしひとりだけ世界の秘密をこっそり目撃した気になった。

昼下がりはご陽気に

そのおじいさんを、わたしはこっそり「タカシナさん」と呼んでいる。皮膚の厚い四角い顔はにらみがきいているのだが、ふっと表情が緩むと不思議な愛嬌(あいきょう)がある。シブい名脇役の高品格をいつも思いだすので、勝手ながらこっそり命名したのである。地元でたまにすれ違うだけなので、もちろんほんとうの名前は知らない。

道ばたで会うタカシナさんはブスッとした仏頂面で、いかつい。で

も、じつはぜんぜん違う。去年の春、ちょうど花見のころだった。ときどき昼ごはんを食べにいく定食屋にいくと、タカシナさんが同年代の友だちといっしょに入ってきた。タカシナさんこの店にも来るんだ、と思っていると、店の女の子が「あ、こんにちは」。親しげに近づいて声をかけた。

「今日はいい陽気ですね。お花見、もうなさいましたか」

するとタカシナさんは破顔一笑、じつに陽気に応じた。

「なーに言ってんの。おれ、たったいま花見してるじゃないの」

「な、そうだろ」と連れに同意を求めて、ハハハと明るく笑う。からかっているのではなくて、孫娘のような女の子をだいじにしている気分が伝わってき、店の空気がぐっとほぐれた。女の子は「あらやだ」

る。

などと返しながら、「今日はなににします」、いそいそ注文を取ってい

タカシナさんは愛嬌たっぷりだ。肉だんご定食が運ばれてくると、さっそく頬張りながら「お、うまい」。うなずくなり厨房(ちゅうぼう)のほうを振り返って首を伸ばし、声を掛ける。

「うまいよ、これ」

ありがとうございます！　厨房の青年がうれしそうに大きな声で答えると、タカシナさんは顔をくしゃっとほころばせて満足そうに笑い、やおら肉だんごに戻る。

からりと陽気なご老人はいいですね。こっちも楽しくなる。重ねた年輪の重みが、あるときふっと重力の支配から解き放たれ、軽みに転

じる。人生にはそういう瞬間が訪れるときがあるんだよ、飄々（ひょうひょう）とした空気をふりまくタカシナさんは全身でそう語っているかのようだ。

そういえば最近タカシナさんに遭遇しないな、元気かな。なんの脈絡もなく、歩きながら顔を思い浮かべたその数日後のことだ。

おいしいケーキを出す喫茶店に久しぶりに寄って、文庫本片手に紅茶を飲んでいると、のっしのっしと入ってきたのはハンチング帽のタカシナさんである。今日は同年代のおばあさんを連れている。どうやら奥さんのようだ。

そしてわたしは椅子からずり落ちそうになった。

ウエイトレスの女の子が聞く。

「なににいたしましょう」

すると、椅子に座ったタカシナさんはすかさず言う。

「おれ、いちごのババロア。あんたのほっぺみたいなピンク色の」

いつもの手である。タカシナさんはわかりやすいなあ。すると、おばあさんがぴしゃりと割って入った。

「じゃああたしチョコレートケーキ。このおじいさんの顔色みたいなの」

すばらしすぎる応酬に腹がよじれ、握ったカップの紅茶の表面がぶるぶる震えた。この夫にしてこの妻あり。ふたりは悪態をつき合いながら、からからと笑っている。いちごのババロアとチョコレートケーキがきた。タカシナさんは「お」と身を乗りだし、ひとくち食べて相好を崩すと、向かいのおばあさんに「うまいぞ、ほれ、あんたも食べ

てみなよ」と皿を差しだした。

本屋さんは町の縮図である

以前、ある新聞の夕刊に、書店に来る珍客の話を書いたことがある。わたしがいちばん唸ったのは、「毎日昼休みに来ておなじ本を立ち読みし、そのたびに栞紐(しおりひも)を移動させながら一週間かけて読了した男性客」である。もっとも書店側も負けてはおらず、くだんの客が帰ったあと、栞紐をこっそり先へ移動させて攻防戦を繰り広げたというのだから、(書店には申しわけないが)笑える。

町の書店はお客の見本市さながら、意表を突かれる話に事欠かない。ズボンのうえにセーターを重ねて穿いた奇天烈な風体のおじさんに遭遇した話は、以前にも書いた。そのあと複数の読者のかたに「まさかうそでしょう、あのセーターの話」と言われたのだが、いやほんとうです。おじさんは、たしかにセーターを「穿いていた」。

ところが、である。先ごろ山登りの本を読んでいたら、「えっ」と声がでた。装備を語るくだり、こう書かれているではないか——気温が下がってきたので、セーターを穿く。セーターは上半身にも下半身にも使えるから、じつに便利な防寒具なのだ。セーターは穿くことができるけれど、股引は着られない。

強引に股引に顔を突っこむ図を想像して噴きだしたが、いっぽう、

そうか、じつは逆転の発想だったかと納得する思いだ。あのおじさんは山男だったのだ！　山のうえでの防寒術を、町に降りても発揮したのだ、きっと。珍妙な格好がふしぎでたまらなかったのだが、なるほど。溜飲（りゅういん）が下がった。

そこで思いだしたのが、ゴダールの映画「女は女である」（一九六一年）。パリの下町の書店で働く夫を演じるのはジャン＝クロード・ブリアリ、同居しているストリップダンサーは、ゴダールと結婚直後のアンナ・カリーナ、おまけにジャン＝ポール・ベルモンドも登場する。

さすがゴダールのカラー映画第一作、色彩の遊びかたもめっぽう楽しい。カリーナのファッションも鮮烈で、真紅のカーディガンはいま

だに目に焼きついて離れない。最初はふつうに前ボタン、ところがそのあと、おなじ真紅の丸首のセーターを着て登場するのだが、後ろすがたが映ると背中にボタン。

「あっ、あの丸首セーターはさっきのカーディガン！」

あれがパリのお洒落なんだな。ひねりがきいていて、なんてかわいいの。名画座の暗闇で胸がどきどきして、大学生のぶんざいで、すぐさま「逆さカーディガン」をまねしたのだった。ゴダールのキュートなこの映画には、節約や工夫を創造性に変える手だてもいっしょに隠れているのだった。

いまでもたまにカーディガンを逆さに着たりする。でも、書店で本を試し読みしているとき、「あっ、後ろまえに着ているへんなひと」

と思われているのかもしれないが。

　それにつけても、書店は社会の縮図でもあるらしい。なじみの書店の片隅にコピー機が置いてあるのだが、まえの壁にこんな貼り紙がある。

「本のコピーはお買い上げのあとにお願いいたします」

　まさか、買ってもいない本のコピーを取って棚に戻すお客などいないだろう。信じられない思いでいちおう店員さんに聞いてみると、仰天のち絶句。

「いえ、それが、結構いらっしゃいます」

落ち葉はどこまで掃くか

竹箒（ぼうき）の音がしゃっ、しゃっ、しゃっ、へばりついているよけいなものを一切合財飛び散らかす音に、耳がよろこぶ。通りかかりの者の気持ちを知っているかのように、エプロン掛けのおばあさんはしゃっ、しゃっ、竹箒を一心に動かす。

例年よりずいぶんあたたかい。しかし、それなりの季節の移ろいによって、とうぜん葉っぱは落ちる。そのままにしておけば落ち葉は溜

まるいっぽう、それが私道であれば、だれかがどうにかしなくてはならないということになる。

そのおばあさんの竹箒すがたを目撃するのは、じつは初めてではない。それどころか、わたしはすでにおばあさんの掃きかたの癖だってを把握している。ひと掃きのち、ひじを直角に引いて律儀に構え直し、つぎのひと掃きをおこなうのだ。そして、もうひとつ、気づいてしまったおばあさんのルールがある。

竹箒を握って家のまえの道を半歩ずつ前進しながら入念に掃いてゆくのだが、掃き終わりはつねに自分の家の脇一メートルをでたところでぴたりと止める。掃き始めは、と注意ぶかく観察すると、一メートルをでたあたりの位置から落ち葉がぴっちりとない。

自分の法則があるのである。

「掃くのは、自分の家の両側をすこし越したあたりまで。それ以上は手をださない」

もっと注意を凝らして観察してみると、向かいの家との幅の手前半分までしか掃かない。

わたしはほう、と唸った。向こう三軒両隣、世間とのつきあいの要諦がここにはある。やり過ぎれば嫌みになるし、さりとて領地の範囲だけにおさめてしまえば、ひとりよがりに映って角が立つ。漁業権とか領有権などという言葉もにわかに思いだされる。「持ち物」をめぐって微妙な押し引きが生じてくるのは、世のつねなのだった。

あれこれ微妙な心理を読みつつ、どちらさまにも失礼のないように。

年季のはいった知恵と経験をフルに稼働した結果がつまり、おばあさんの落ち葉掃きのルールに違いなかった。ありふれた晩秋の光景のなかに、世知辛い近所づきあいの実情も透けてみえてくる。

いまわたしが住んでいるのは集合住宅で、しかも週三日、建物の掃除を請け負ってくださる専任のおじさんが路上の落ち葉掃きを受けもってくれているから、差しあたって落ち葉掃きの責務から逃れている。玄関のまえに溜まった落ち葉やごみくずを掃除してくださる姿に出合うたび「ありがとうございます」、頭を下げて礼を言う。自分の住んでいる場所の掃除をひと任せにしてしまっているという後ろめたさの感情が、「ありがとうございます」のなかにはある。といいながら、気楽さが捨てられずにいる。

だからといって、のんきに構えていると足もとをすくわれる。しばらく前、さんまでも焼いてみるかと七輪を引っ張りだした。庭のかたすみで炭を熾すと、ひさしぶりだからうまくいかない。あせって新聞紙を突っこんだら、いきなりつよい風が吹いて大量の黒い燃えかすがびゅうと吹き飛ばされた。あわてふためいたが、止めようがない。あたりを侵犯しながら野放図に舞い散る燃えかすを呆然と眺めながら、向こう三軒両隣の洗濯物のぶじを祈るばかりだった。

おれの物干しスタイル

なんでもない住宅街なのに、かならず一瞬緊張する地点がある。右へ折れてすぐ、道をはさんで一軒の二階屋が現れるのだが、二階の半分のバルコニーは洗濯物干し場で、ながい物干し竿が三本。なにも干されていないときは、下から見上げると空にくっきり「三」の字が浮かぶ。モンダイは、からりと晴れた洗濯日和だ。右へ折れるとそこには――。

悠然とはためく男物の白いパンツ（正確にはむかしながらの木綿のブリーフ。ものすごくでかい）が堂々一枚。しかもハンガーに通して広げてあり、鈴なりの洗濯物のいちばん手前に飛びだして胸を張っている。

つねに物干し竿の右はじの定位置で、パンツの奥にはちっちゃい洗濯物が下がっているのだが、白い面積のでかさに遮られてよく見えない。いずれにしてもわたしはいやおうなく、「誰のものかは知らないがパンツだけよく知っている」という立場に置かれることになった。

ただそれだけなら「パンツがいばる物干し風景」だったが、半年ほどまえの朝、偶然にも物干し途中のようすに行き遭ってしまった。ハンガーに通したパンツに手アイロンまでかけているのは、朝の光を受

けて後頭部がつるりんと輝かしいおじさんだったのである。その日はすでにタオルやシャツがぴちっとかかって、いよいよラスト。

その瞬間、わたしの立場は急展開した。「誰のものかは知らないがパンツだけよく知っている」状況から、「知らないひとなのに、どんなパンツをはいているかよく知っている」というかなり複雑な段階に格上げされた。さらには、パリッと乾きあがったソレを身につけたおじさんのあらぬ姿が脳裏にぽっと浮かんだりもして、歩きながら動揺する。

しかしわたしは、ちょっといいものを見た気分にもなった。パンツのしわを伸ばして整える手つきは堂に入っており、あらためて眺めればバルコニーの物干し風景には独自の法則がみてとれる。こまごまと

動くおじさんの背中には、誇らしげに書いてあった。

「これはおれの仕事だ」

おれにはおれの流儀がある、とも書いてあった。

はっとしたのは、じつは理由がある。ずいぶんまえの話だが、男友だちが離婚することになった。彼は「ようやっと離婚できることになってさ」とほっとした表情になり、うれしそうにこう言ったのである。

「ひとり暮らしになったら、好き勝手にぐちゃぐちゃに洗濯物を干してやる。ああすっきりするだろうなあ」

聞いてみると、結婚して十数年来、洗濯物の干しかたがなってないと妻に叱られ続けてきたのだという。

「一部やり直しを命じられたりもするんだぜ。ああ腹が立つ」

忘れかけていた怒りがまたぞろ戻ってくるらしかった。

洗濯物を干すのがどうしてもすきになれなかった彼の話がみょうに鮮烈だったから、おじさんの突き抜けた境地にたいして激しく反応してしまうのだろうか。だんだんわたしは思い直しはじめた。おじさん、思うぞんぶんすきなように干してくれ。パンツ見せられても構わないから、敢然と吼えてくれ。でもやっぱり、道を折れるとき、また正面切ってあのパンツと対面するのか。微妙な緊張はまぬがれない。

玉子屋のおばあさん

雑誌の座談会に添えられたその写真には、もう二度と目にできないだろうとあきらめていた風景が映っていた。キャプションには「昭和60年8月、平和通り。鶏卵専門店の山本さん」とある。うれしくて、右ページ下に掲載された横十センチほどの白黒写真を身じろぎもせず凝視した。わたしにとって、記憶が消えかかりそうになるたび、長年繰りかえし引き戻してきた風景だったから。

当時は国鉄だったころ、中央線吉祥寺駅前にあった昔ながらの玉子屋さん。駅構内をサンロード方向へ出ると、すぐ目のまえの平和通りに面して玉子だけを売るちいさな店があった。三個だけ、まとめて五個、お客がそれぞれに今日のぶんを買ってゆく光景がとてもすきだった。店の奥まで素通しで開けっぴろげな間口いっぱい、路面に向けて木製の平台が三つ。均して敷き詰めた籾殻（もみがら）の絨毯（じゅうたん）のうえに、白い玉子がぎっしり並ぶ様子がとても愛らしかった。「一個○○円」と記した手書きの紙の札が籾殻に差しこまれて立っており、右側のほうに赤玉だけ分別して置かれていた――。

ただし、勝手なもので、記憶の細部は微妙に修正されていた。写真をよく見ると、平台の奥三分の一にまとめて玉子が置かれてあったし、

籾殻の手前には丸い竹ざるが置かれてあった。突然「ああそうだった」と思いだす。つまみ上げた玉子を注意ぶかくこのざるに入れ、店のおばあさんに渡して包んでもらったのだった。

そのおばあさんが、写真の中央に映っている。背筋の伸びた姿勢のいいエプロン姿、白髪、眼鏡の奥の優しい視線。また思いだす。おばあさんはおだやかなひとで、にこにことざるを受けとって勘定をしてくれた。わたしにとって、おばあさんはとてもなつかしいひとのひとりだ。

写真の掲載された座談会を読んで、またもや驚くことになった。吉祥寺に縁のふかい五人の方々がわが町への思いを語り合う、題して「やっぱり吉祥寺。」のこのくだり。

中村　これはおぼえていますね。卵だけを売ってるおばあさんがいたんですよ。（右下写真）

鈴木　いまでもご健在ですよ。

中村　かなりのご高齢じゃないですか。僕が知ってるときはもう、おばあさんでしたよ。

郡　私もおぼえていますが、おばあさんでしたね。

中村　卵だけを売っててね、籾殻の上に置いて。それがすごく印象に残っています。

（『東京人』二〇一二年六月増刊号）

なんだか不思議な気がした。わたしが知っていた昭和五十年代にも、やっぱりおばあさんなのだった。

この写真を撮った鈴木育男さんは昭和六年生まれ。四歳から吉祥寺に住み、三十九年ごろから「変貌してゆく街を記録しておかなければ」と吉祥寺のあちこちを撮り続けてきたのだという。あとに続く発言でも、さらに意外な事実がわかった。おばあさんの玉子屋が閉じたのは昭和六十二年。場所はほかの店舗に貸し、おばあさんは現在おなじビルの階上に住んでいるという。

閉店二十五年のちも間違いなくおばあさんなのだが、変わらずお元気だとわかったのはうれしい驚きだった。ひっそりとしていた記憶にぱあっと天然色がついて動きだしたような気持ちになった。

いなり寿司通り

散歩はなかば趣味みたいなものなので、その朝もはりきってせっせと歩いていた。そもそもはりきって歩くというのはおかしいかもしれないが、ほんとうにそういう気分になるのだからしょうがない。

散歩にはパターンがあって、はりきるとき、そうでないとき、ふたつある。そうでないときは買い物とか本屋に行くとか目的があるときで、たらたらとごくふつうに歩く。いっぽう、さあはりきります、と

いうときは歩くこと自体が目的になっている場合で、腿の内側や腹の筋肉を引き締め、そりゃあまじめに歩く。これがいい運動になって、一時間も歩くとけっこう疲れるのがちょっとした快感だ。

話が横道に逸れかけたが、はりきって歩いていると耳や目が聡くなる。いつもは見逃すに決まっている野良猫の影なんかすばやく目の端で捉えるし、生ゴミ収集日はカラスの始動時間がやけに早いのも察知する。で、その朝のことだ。

カシの木が植わっている通りを抜けかけたとき、向こうから杖をついた老人がやってきた。ゆっくり、ゆっくり、みずからの一歩を嚙みしめるようにして歩く。このへんに住んでいるのだろうか。以前に見かけたときもやっぱり杖をついていた。おなじ早朝の散歩仲間なんだ

と思いながら脇を通過しかけた瞬間、わたしの耳に言葉が転がりこんだ。しわがれたちいさな声だったが、はっきりとこう聞こえたのである。

「ハー知らんかったのー。ここはいなり寿司通りか」

急ブレーキだ。

（いなり寿司通り？）

脳も足も停止して、いなり寿司通り、いなり寿司通り、何度も反芻する。そんな道の名前があるのか。そうっと振り返ってみると、さっきすれ違った地点に立ち止まったまま、おじいちゃんは頭上をじいっと見上げている。つられてわたしも視線を上げる。

そこには背の高い標識が一本立っており、青い文字でこう書かれて

あった。

「稲荷(いなり)通り」

ほっと安堵する。いなり寿司通りじゃないよ、稲荷通りだよ。この通りは稲荷通りっていうんだよ、おじいちゃん。

ゆっくり頭を戻しながら、ふたたび右足を踏みだす。少しずつもとのスピードに近づけながら、しかし、わたしは思いはじめた。そうだねおじいちゃん、いなり寿司通りでなんの問題もないよね。江戸っ子通りみたいで粋な響きだし、けっこうおいしそうじゃないの。よし決定だ、いなり寿司通りと命名だ。ついさっきまで、この道に稲荷通りという名前がついていることさえ知らなかったのに、ひとりで勝手に盛り上がる。

通りの名前はこっそり好きなようにつける。よく煮物の匂いが流れているので「肉じゃが通り」。保育園の前は「ひよこ通り」。しょっちゅう生ゴミが散乱しているから「残念通り」。くちなしの花が鈴なりになる木がある通りは安直に「くちなし通り」と呼んでいるのだが、ちょっと怖いかんじもするので、ほかの名前に変えようと思っているところだ。

その朝はうれしくなって、ほくほくしながら歩いた。以来、「いなり寿司通り」を歩くときはいなり寿司が食べたくなって、ちょっと困る。

あなたはどちらさま？

年に一度か二度くらいしか会わない友だちと、久しぶりに会った。

「やあ、しばらく。元気でした？」

ポロシャツとジーンズ姿で待ち合わせの場所にやってきたひとは確かに本人に間違いないのだが、ずいぶん印象が違う。挨拶しながら、この違和感はなんだろうと訝しんだ。

「あっ、わかった！」

急にわたしが声を上げて話を遮るので、コヤマさんはきょとんとする。

「なんですか、やぶから棒に」

「さっきからずっと、コヤマさん、以前と雰囲気がまるで違う、なぜだろうと思ってたのだけど、やっとわかった。今日はスーツを着ていない」

なにを言い出すかと思ったら、と苦笑いしながらコヤマさんは説明する。僕、この五、六年ずっと営業の部署にいたからどうしてもスーツを着る必要があったけれど、こんど制作に舞い戻ったので、こんなラフな格好で構わなくなったんです。

コヤマさんと友だちになったのは三年前だから、わたしはコヤマさ

んのスーツ姿しか見たことがなかったのだ。すっかり納得したが、違和感はやっぱり消えない。頻繁に会うわけでもないわたしにとって、パリッと仕立てのいいジャケットに趣味のいいネクタイ姿の男性こそコヤマさん本人なのだった。

奇妙な考えが頭に浮かぶ。目前でコーヒーを飲んでいるのはコヤマさんでも、どこかにもうひとりのコヤマさんがいるんじゃないか。

こんな話がある。知人のエンドウさんは小太りの九州男児なのだが、「趣味はダイエット」と広言するだけあって、横幅が狭くなっていたり、縮んでいたり、しょっちゅう劇的な変化をする。その事情がわかっているので、会う機会があるたび、今度はどんな体型で現れるのかちょっと楽しみにしてしまう。

そのエンドウさんが二年ぶりに鹿児島の実家に戻ったときのことだ。ちょうどフルマラソンに入れ込んでいて、みるみる十数キロ痩せて精悍な体つきをしていた時期だった。「ただいま」と玄関を開けて入ると、迎えに出てきた母親がぽかんとしてつぶやいた。

「どちらさま？」

いくらなんでも息子に「どちらさま」はないだろう、呆けるのはまだ早いと母を責めたが、納得しない。

「三日実家にいたあいだじゅう、母が繰りかえし聞くんですよ。『あんたほんとにタツオ？』」

三十五の息子タツオは、だんだん家を間違えて帰省したような気になり、ずいぶん落ち着かなかった。

実の息子でさえこの調子なのだから、やっぱり本人の実体というのはそうとういい加減なのだ。目の前にいるひとは、そのひとでありながら、同時にそのひとでない可能性をたっぷり秘めているという事実。結婚して十五年経った時点で、はっと気がついたら妻が別人になっていたという知人もいる。太りやすい体質だったらしく、二度の出産のあいだに横幅がぐんぐんふくらんでいき、いまや妻の背後に回ると完全に自分の体が隠れるまでに育ったと、淡々と語る夫。

「結婚当初、妻は枝みたいに細かったんです。でも今は別人です。人格も別人に近いような気もします。僕は誰と結婚したのかなと考えると、よくわからなくなります」

彼は他人の人生を生きているのだろうか。まさか。

文庫本、風呂に浸かる

雑巾縫いがやめられない

直線縫いとなると、身を乗りだす。それも手縫い。単純きわまりないのに、じぶんひとりこんなうれしくていいのだろうかと思う。

ミシンで縫うときは、汽車が全速力で走り抜ける線路を空から俯瞰している爽快な気分になれるのだが、それも束の間、わたしが縫うとなぜか裏の下糸がもみくちゃのだんごになって絡まる。ミシンを使いこなすひとには信じられない話だろうが、十中八、九、まちがいなく。

あーあまたしても。どんより暗雲が垂れこめるお決まりの悲惨な展開に耐えきれなくなって、ミシンとは十数年まえに袂を分かった。

それに比べると手縫いはとてもいい。手、指、針、糸、布、ぜんぶに一体感がある。五者は雑巾を縫うという目的のもと、けなげな運命共同体となる。とはいえ、ミシンもろくに使えない者にできる芸当はひとつしかない。直線縫いだ（いばる気分になっているところが、われながら情けない）。

針は、長くて太い縫い針。糸は、しっかり撚りのかかった木綿の白糸。まず、いきなり山場がくる。針の穴に糸の先端を通すとき、忍耐のすえの達成感を味わう。糸がすーっと通過した瞬間、針を握ったまま快哉を叫びたくなるのだ。

直線縫いは、勝手気ままで単純なのがいい。だから、雑巾縫いがいちばんいい。温泉旅館でもらうようなただの白いタオルを、両手を広げたくらいのおおきさに折り畳む。手はじめに周囲の縁をぐるり縫い、つぎに左右を対称に分ける中心線、つぎに対角線。最初はただのタオルだったのに、針が刺しこまれるたび生地が合わさっていき、直線の連なりが三角や四角の幾何学模様を浮かび上がらせる。ただのタオルだったのに、じぶんの手のなかで着々と雑巾に近づいてゆく。

わくわくすることは、まだある。休息もせずひたすら運動する針、これがすばらしい。表へ顔をだす、裏へ消える、また表へ現れる、消える、上下の世界を往復するようすは見ていてちっとも飽きない。しかも、そのあとを木綿糸が黙々とついて従う。終始無言、けなげ。文

句も不平もいわず、逆らいもせず、兄に手を引かれて歩く妹のようにただ針を追う風景に感じ入ってしまう。

じつは、もっとも声を大にしていいたいのはこれだ。すっからかんの無心！ ちくちく、ざくざく、ひたすら直線縫いをしていると、あら不思議、いつのまにか没我の境地。頭のなかの雑事をひと針、ひと目が吸いとってくれて爽快きわまりない。だんだん手が止まらなくなるのだが、縫い目が歪んでも曲がっても、知ったこっちゃない。針を刺しこむたび雑巾にふさわしい強度が備わってゆくのも痛快だ。白い生地と白い糸が一体になって仕上がった雑巾は、晴れて山頂に登りきった達成感を連れてくる。

ミシンとさよならしたあとすぐ、雑巾を縫ううれしさを知った。一

枚縫ったら加速してしまい、必要もないのにタオルを探しだして三枚たてつづけに縫ったこともある。そんなわけで戸棚の奥には新品の雑巾が積み重なっているのだが、雑巾というものは意外に長持ちする。しかも直線縫いに没頭するあまり、やたらちくちく刺しこんであるから丈夫なこと。出番待ちの雑巾が溜まるいっぽうなのは、どうなのだろうか。

グールドのピアノ椅子

グレン・グールドの弾く平均律をときどきむしょうに聴きたくなる。まるでこの世でいちばん正確な雨だれみたいだ。一音、一音、音がつぶだって繊細きわまりない。さらに驚かされることがある。それはグールドがピアノを演奏するときの様子である。

並外れた人見知りで、天才か奇人かと騒がれたグールドはいつ、どんなときでもおなじ椅子に座って演奏した。まさかと目を疑うくらい

低くてちいさくて、とても簡素な椅子。しかし、それがグールドにとってとくべつな存在だということは、演奏風景を見れば容易に想像できる。たとえば二十七歳のときの稀少な映像をおさめたDVD「OFF THE RECORD／ON THE RECORD」。

ニューヨークのコロンビア録音スタジオ、まだ少年のあどけなさを宿す長身瘦軀のグールドがピアノの前へすたすたと歩き進む。ちょこんと椅子に腰掛けるや弾きはじめるのはバッハ「イタリア協奏曲ヘ長調」。あっと身を乗り出して画面に釘づけになる。だって、じつに風変わりなのだ。身体が沈みこんで、鍵盤の位置は胸の高さ、かんじんの手首ときたら鍵盤の下方。左足を右足にひっかけて鷹揚に組み、録音中だというのにハミングしたり唸り声を上げたりしながら無心に弾

く。鍵盤の上を疾走する指づかいはまさしく超絶技巧のそれ。低すぎる椅子と身体には、あきらかに一体感が見てとれる。

この椅子でなければグールドは演奏を拒否したという。きっとライナスの毛布のような安心材料なのだろうと踏んでいたのだが、あると き読んだグールドの言葉が、低すぎる椅子の秘密をあきらかにした。

「この椅子なら上半身のちからが指にかからず、繊細で透明感のある音が可能になる」

椅子は不世出のピアニストにとって音の創造主だったのだ。一説によれば座面の高さはわずか三十五センチ、軽量で、運びやすい折りたたみ式。グールドの父親の手づくりだった。謎が解けたとき、なぜか脳裏に浮かんだのがわたしの居間にごろんと転がっているちいさな木

の椅子である。

高さはわずか十センチ、円盤状の座面は尻が乗るぎりぎり、サッカーボールの直径よりちいさい。座面と太い脚はひとつづきで、つまり木をそのまま削りだしただけで、脚は三本。油断して腰かけると、たちまちバランスを崩してごろんとひっくり返ってしまう。古道具屋のかたすみで見つけたとき、とても椅子には見えなかったくらいだ。

それは、アフリカのどこかの国の作業椅子なのだった。地面にどっかり腰をおろして手作業をするとき、尻の下に差し入れて使う。座るというより、むしろ尻の置き台といったかんじ。移動するときは手ですいっと座面を引っぱるだけでついてくる。小回りがきくというか、従順というか、存在感がないというか、まるでじぶんの尻から椅子が

生えているような一体感なのだ。わたしは、ほう、と感心した。椅子の存在理由は、体重を預けきるためだけではなかった――。

いま、その低すぎる三本脚の椅子は、長椅子に腰かけたときの足置き台になっている。はるばるアフリカからやってきた椅子は困惑しているかもしれないが、グールドならにやりと笑ってくれるにちがいない。

旅の荷物が少ない理由

旅の荷物がちいさい。出張のときなど、空港で待ち合わせた同行のひとがわたしの様子を一瞥(いちべつ)して「え」という顔になり、いちように驚いた顔をする。そののち異口同音に言う。

「ずいぶん荷物少ないですね」

旅を舐(な)めていないか、と不審な眼差(まなざ)しを向けられたりもする。

「いや、ほんとにこれだけ」

すると、はんぶん好奇心を刺激されたような微妙な表情で「はあそうですか」。得心がいかない様子である。ひそかに動揺して相手の荷物に視線を遣ると、あちらの荷物はキャスター付き中型トランク。いっぽうこちらは手にボストンバッグ一個。どう見てもこれからおなじ旅をしようという者どうしに見えず、その差のはげしさに苦笑する。

少ない理由をよく聞かれると、こう言うことにしている。

「少ないわけじゃなくて、持ってこないだけなんですよ」

すると、こう切り返してきたひとがいた。

「わたしは持ってこないと気が済まないから荷物がふくらむのです」

そして彼女は、「ほら」と自分のトートバッグの中身を見せてくれた。イタリアへ十日間の出張に出るときのことで、すでにトランク

（さすがにわたしもボストンバッグというわけにはいかない）を預け、あとはゲートの前でフライト時間を待つばかりである。

出て来るわ、出て来るわ。空気枕二種類、機内用スリッパ、ウォータースプレー、濡れティッシュ、タオル、アイマスク……圧巻は「旅先用の薬マイセット」で、胃腸薬から頭痛薬、打ち身ねんざ用の湿布薬まで、移動薬局さながらの完璧な品揃えである。うわあすごいねえと目をまるくしていると、ふふふと笑って余裕の店じまい。

「安心材料です。持っていると思うだけで、長旅も気楽になる」

それを「準備がいい」というのだ。内心しゅんとする。わたしのバッグには、彼女の持っているものはなにひとつ入ってない。じつは預けたトランクのなかにはちゃんと薬の用意がある、というわけではも

ちろんない。つねにあっというまに終了する荷づくりをしながら、脳裏に植木等の歌声が響いている。（なんとかなるだろう）洋服も下着も日数分の数だけ、よぶんに持っていくのは調節のきくストールくらい。あとは化粧品と本だけ。出たとこ勝負である。

そんな能天気でいいのか、とも思う。タカを括（くく）っているつもりはさらさらないが、何十年もさんざんいろんな旅を続けてきたのだからまあいいんじゃないか、とも思う。バリ島で腸炎に罹（かか）って身動きできなくなったときはさすがにつらかったが、すぐさま現地の病院に駆けこんでどうにか切り抜けたしなあ。ただし確たる根拠などなにもない。

起こるかもしれない、起こらないかもしれない。だったら思い煩ってもしょうがない。どうやらわたしは、所詮行き当たりばったりの人

間であるらしい。

　れいの彼女は、十数時間のフライト中、機内で「これ気持ちいいですよ」と腰に当てる空気枕を貸してくれ、シチリアの海岸で強風にあおられて砂が目に入ったら、すかさず目薬を差し出してくれた。そのたび、ああなんてわたしはラッキーなんだろうと思ったのである。

旅は「せっかく」でできている

「ひとは『どーだ』で生きている」

敬愛する東海林さだおさんの名言である。知らず知らず鼻の穴をふくらませて大自慢、小自慢。そんな自分にはっと気づいたときのこっ恥ずかしさときたら、たまらないものがある。しかし、尻を隠しても頭をのぞかせているのはくすぐったいような快感でもあるからこそ、ひとは自慢に支えられて生きている――まことに真理である。

さて、この私にも、「どーだどーだ」と反っくりかえりたくなる名言があります。こういうの。

「旅は『せっかく』でできている」

だって、かんがえてもみてください。「せっかく」、このひとことさえ持ち出せば、旅先でのすべてに片がつく。たとえば……。

名所旧跡なんかほんとうは興味がないくせに、「せっかく」遠いところまで来たから寄っておくか。腹が減ってもいないのに、ぷらぷら揺れている「名物だんご」の旗とか「限定！　この時期だけ」の貼り紙を目にして、「せっかく」だからやっぱり食べておこうかな。旅のおわりが近づけば、「せっかく」の激安売りである。列車の発車時刻が迫っているというのに「せっかく」だから駅前の土産物屋へ駆けこ

み、べつに買いたくもないけれど「せっかく」だから佃煮(つくだに)の瓶詰に手を伸ばし、改札に飛びこむ寸前めったに読めない地方紙を売店で目撃して、「せっかく」だからと買いこむ。あんのじょう息を荒らげてホームの階段を猛ダッシュするはめに陥るのだが、胸中でたぷたぷ揺れているのは、にんまりと笑いのもれる満足感である。

「せっかく」の威力はかくも絶大だ。この四文字が脳裏に浮上したとたん、逡巡(しゅんじゅん)はきれいさっぱり一掃される仕組みになっている。それどころか、葛藤、遠慮、羞恥、中途はんぱな感情におもしろいほど片がつく。なにかと制約のおおい旅の空の下、気持ちが千々に乱れたとき、「せっかく」を唱えれば、かならずや心中すっきり。事態はあっさり打開されること必定である。

なぜ、ひとは「せっかく」を持ちだすのでしょうか。それは、いったん自分に負荷をかけるという自虐的な愉しみが潜んでいるからだ。

（よせばいいのに）

（やめておいたほうが賢明なのに）

行く手を遮るハードルがちゃんと見えているだけに、そこをあえて跳び越えようとする。えいやと強行してみれば、ぶっちぎった自分にたいするごほうびの満足感。かるい達成感といってもいい。

さて、そのあたりを知悉する「せっかく」の達人ともいうべきひとが、デパートの試食販売のおばさんである。おばさんは耳もとで囁く。

「せっかくだから味見してってって」

とたんに乱れる。この場合よくかんがえれば「せっかく」の意味は

不明なのだが、ついさっきまでそんな気はなかったのに、ふらふらぁと蜜に誘われた蝶のごとく手が伸び、楊枝を握らされている。こころのうちを見透かして流れに引きこむ現場のプロの圧倒的勝利である。

ここまで書いて、ああそうだったか、と膝を叩く。なるほど、「せっかく」は、世間のよしなしごとと折り合いをつけるための橋渡し役なのだ。惜しみなく心中で唱えれば憂いなし。こころやすらかに毎日を乗り切ってゆくための呪文みたいなものかもしれない。せっかくだから。

文庫本、風呂に浸かる

へんてこな木切れがひとつ、異物感たっぷり。右端はぐんにゃり、表面は波打ち、べこべこ。目に入るたび濡れ雑巾かと思うのだが、いや違う違う、あわてて訂正する。

これは文庫本である。カバーはない。もちろん帯もない。薄いベージュの本体がむきだし。全四百九十五ページが扇みたいにわーっと膨れ上がってばさばさ、一種異様な風体だ。ごくふつうの文庫本だっ

たはずなのに、なぜこんな異物になってしまったかといえば、たっぷり三十分、風呂の底に沈んでいたからである。

さきごろ厳寒のソウルに旅をした。旅のスタートからして波乱ぶくみだった。国際線のチェックインの締め切り時間は通常四十分まえだが、モノレールの乗り換えに手間取って数分超過してしまった。チェックインカウンターの職員は能面のような顔で、断固だめですと拒否の構えを崩さない。ただしつぎの便には乗せますというので、やむなく引き下がった。あげく羽田空港で五時間半の空白ができた。まず買い集めた新聞六紙をかたはしから読み、午後に入って読みはじめた文庫本がくだんの一冊なのだった。

二泊三日の短いホテル暮らしとはいえ、わたしにとって旅の最大の

魅力のひとつは気ままな読書に没入することだ。とりわけ、広いバスタブに熱い湯を張って脚をゆったり投げ出しながら時間を忘れて読む快楽はたまらない。しかし、チェックインの時間に遅れたあたりから時計の針がずれはじめていたとみえ、その夜はほんとうに時間を置き忘れてしまったのです。バスタブのなかで、本を読みながらうっかり寝ちゃって。

ふと覚醒し、浴室の時計に視線をのろのろ這わせると深夜十二時五分である。ぬるい湯のなかで懸命に記憶を遡る——たしか十一時過ぎ、風呂に入った。たしか文庫本を読んでいた。たしか最後に時計を見たときは十一時半だった……。

文庫本はどこだ！　がばと身を起こして呆然。すると湯の底で手に

当たるものがある。まさか。あわててひっつかむと、さっきまで握っていたはずの文庫本である。ついでバスタブの底から眼鏡も発見された。

三十分湯漬けになったどぶ色の文庫本を握って天を仰ぎ、嘆息。湯を極限まで吸いこんで、持ち重りするどころか、辞書かと思うほど重量感に迫力がある。あんなに軽かったのにと思うと、へらへらと意味のない笑いが浮かぶのだった。

翌朝六時。起きぬけに呆然とした。気休めにバスタオルの上に置いておいた文庫本を手に取ると全ページがぺったり密着して、それはまるで一枚の厚いこんにゃく。

ところが、わたしは猛然と思った。（続きが読みたい！）

窮鼠（きゅうそ）猫を噛む。追い詰められたわたしはこんにゃくを剝がし、剝がし、破れないよう細心の注意を払いながら息を詰めて残りを読みにかかったのである。印刷の技術というものは凄（すご）いとつくづく感嘆した。びしょ濡れでも、破れさえしなければ文字はちゃんと読めるのである。そして朝八時半、ついに最後の一ページまでたどり着いたときの達成感と満足感といったらなかった。指もふやけて息も絶え絶え。

あんなに緊迫感にまみれた読書は、あとにも先にもはじめてだ。あまりにおもしろすぎたその文庫本は、沼田まほかる『九月が永遠に続けば』（新潮文庫）。

痛い京都土産

トラウマという言葉は、濫用（らんよう）すると安易な逃げ場所になりがちで、ちょっと苦手だなと思っていた。「だめです。じつはそれ、トラウマなんです」などと胸を張られると、伝家の宝刀を抜かれた気になり、こちらは黙るほかなくなってしまう。ところが、自分の意志を超えて硬直する事態に直面するはめに陥ると、トラウマの四文字が急に心強くなるのだから、つくづく勝手なものだなと思う。

五、六年前、京都の古いお宅を訪ねた。東京から住所だけを手がかりに訪れた三人を出迎えたのは、狂ったような飼い犬の鳴き声だ。いましも家の奥から突進してくるかと一同ひるんだが、声の大きさが変わらないのでどうやら鎖に繋がれているらしく、ひと安心だ。しかし犬は闖入者(ちんにゅう)退治の使命にひたすら忠実で、喉も裂けよとばかり吠(ほ)えて吠えて吠えまくる。さすがに飼い主のおじいさんが恐縮して叱りつけるのだが、効果はいっこうにない。客間に通されて話をしているあいだじゅう、オレは諦めちゃいねえぜ、とぎゃんぎゃん吠え続けるのである。

ひとしきり話を終え、辞する前に坪庭を見せていただくことになった。では、と腰を上げると、おじいさんがすまなそうな顔をする。

「廊下を通らなあきませんのや。犬、わたしがちゃんと抑えておきますよって、その隙に」

えっ。動揺して視線を遣ると、果たして長い廊下の途中、まっ白のスピッツが目を三角にしてこっちを睨みつけている。正面切って向かい合うと、ウウウとドス黒い唸り声に変わり、むきだしの牙も見せる念の入れようだ。震え上がったが、坪庭を拝見したいと頼んだのはこっちだからいまさら断るわけにもゆかず、決死の覚悟で廊下に進みでた。

おじいさんが首輪を握った手もとをしつこいほど確認し、ひとりめ、忍者みたいに脇をたたたとすり抜ける。二人め、おなじく忍者の横走りで廊下を駆け抜ける。おしまいの三人め、わたしも忍者になりかけ

た瞬間、玄関でとつぜんピンポンとチャイムが鳴って、おじいさんの力が一瞬ゆるんだ。

犬の気持ちを代弁するなら「それっ今だ！」。吠えまくったフラストレーションが爆発し、ジャンプしたと思ったら目前のわたしの太ももにがぶりと食らいついたのである。上下の牙が刺さった瞬間、犬の体がふわっと太ももにぶら下がった感触が不気味だった。犬は敵を仕留めたのである。あちらは本懐を果たして満足だろうが、こちらはショックと痛みでパニックだ。

這々(ほうほう)のていでホテルに逃げ帰った。大急ぎで太ももを確かめたら、牙のあとにぽっちりと血が滲(にじ)んでいるだけだったから技ありの嚙みつき方だなと妙な感心をしたままでは覚えているが、そのあとは記憶がな

い。同行者が薬局に走って買ってきた消毒薬で傷口を洗い、けっきょく近場の外科病院に駆けこんで治療してもらって、ぶじに一件落着した。

あれからずっと、犬のそばを通るのが怖い。傷はたいしたことはなかったけれど、隙あらば突撃ジャンプして太ももに食らいついてきそうで、腰が退(ひ)けるのだ。おまえ可愛いねえと手を伸ばしてなでてやりたいのだが、どうしても手がでず、ああこれが一種のトラウマというものかと思い至るのだった。人生、思いもかけないことが起こる。

「ひみつのアッコちゃん」ふたたび

先だって二〇一二年九月三日は、百年後のドラえもんの誕生日だった。のび太がピンチになるたびドラえもんが取り出すひみつ道具は、このさき本物が登場するのかもしれない。

藤子不二雄（当時）の「ドラえもん」の連載がはじまったのは一九六九年、小学館『よいこ』『小学一年生』などの学年雑誌だった。当時まもなく中学生だったわたしは「ドラえもん」と同世代ではなかっ

たが、小学生のころはひみつ道具にたっぷり憧れた。「ひみつのアッコちゃん」の鏡である。

赤塚不二夫が日本中のオトメを夢中にさせた「ひみつのアッコちゃん」は一九六二年、集英社『りぼん』誌上でスタートした。六二〜六五年、六八〜六九年、二度にわたった連載は大人気を呼び、オトメたちはひそかに鏡をのぞきこんで逆さ言葉をつぶやいたのである。『りぼん』での原作では、アッコちゃんが変身するとき、なりたいものの名前を逆さに言う。なにしろ願いをきいてくれる相手は、左右を逆に映す鏡だから。

でも、テレビのアニメを観たらびっくりした。アッコちゃんは、逆さ言葉ではなくて呪文を唱えているのだ。鏡に向かって変身するとき

は「テクマクマヤコン　テクマクマヤコン○○になあれ」、もとの姿に戻るときは「ラミパス　ラミパス　ルルルル」。逆さ言葉を正確に言うのはけっこうむずかしかったが、「テクマクマヤコン」「ラミパス」のフレーズはいっぺんで覚えたし、マジカルで強烈だった。ふたつの呪文は、アニメ化のさい脚本家があらたに考案したのだという。

　さきごろ河出書房新社から刊行された当時のオリジナル版四巻を読んでいたら、なつかしい気持ちと新発見がどっとやってきて、ちょっと興奮してしまった。

　アッコちゃんに不思議な鏡をくれるのは、黒眼鏡に黒帽子、黒スーツのおじさん。最初にもらったのは手持ちのできる大きめの鏡で、のちにコンパクトに変わってから、アッコちゃんの行動力はぐっと広が

る。「おそ松くん」のキャラクター、六つ子がそのまま登場しているのもびっくりだ。海に遊びに行ったアッコちゃんたちをいじめる六つ子を、まんまと魔法の鏡で「ゆうれい」に変身してやっつけ、めでたし、めでたし。この「カン吉とおばけやしき」は、『りぼん』一九六三年八月号掲載なのだが、じつはちょうどそのとき『週刊少年サンデー』でも「おそ松くん」の連載がはじまっていた。驚くべきことに、赤塚不二夫はまったく同時期に、名作二作を並行して少女誌と少年誌に描き分けていたのである。

おとなになって読む「ひみつのアッコちゃん」は、全編けなげな空気にあふれて、ぐっとくる。明るくて、活発で、あわて者のアッコちゃんは、かんじんな場面で鏡に頼るように見えながら、使いどころの

判断を下すのは、つねに自分。そこが、のび太くんの右往左往ぶりとはぜんぜん違う。

いつ、だれに変身するか、ひとのこころの綾(あや)を細やかにとらえて的確に動くアッコちゃんは、人間関係を繋いだり繕ったり、ひたすら周囲を救い続けているのだった。こどもなのに、おとな。まだおとなになりきれない少女の哀しみのような感情さえ、アッコちゃんに覚えてしまう。四巻を読みながら、あのころはただうらやましくて憧れていたアッコちゃんの肩をきゅっと抱きしめたくなった。

端っこのおいしさ

太巻きとか卵焼きとか、切り落とした端を見ると平静を失う。はんぶん崩れかけた太巻きの端っこから干瓢（かんぴょう）やきゅうりの余りがぴょろりとはみ出ているると、もうそれだけで生つばが勝手ににじわーっと湧いてくる。

こどものころは太巻きの端っこほしさに、用もないのに台所をうろうろした。夕飯の前に母や祖母から無事に切りたてをせしめると有頂

天になり、自分だけがいちばんおいしいところを知っている気になったものだ。おとなになっても、気分はおなじである。あたりに誰かがいてもいなくても、端っこはぜったい渡さないと内心張り切ってしまうのだから、そうとういじましい。しかも、食べるときは台所で切りたてをむせるようにしてこそこそ頬張ると、おいしさはうなぎ登りである。

つまみ食いではない。わたしにとって端っこはりっぱな大ごちそうだ。ただ切れっ端というだけで、おいしさは底上げされている。卵焼きにしても、気軽な料理屋などで端をつけたまま盛ってあると、まっさきに箸で迎えにゆく。

伊達巻(だて)、かまぼこ、ナルト、羊羹(ようかん)、生麩(ふ)、一斤の角食パン。長い本

体から切り離されてぽつねんと残った端っこは、無防備そのものだ。所在なげで、いたいけなくて、置き去りにされた迷子みたい。だから一刻も早く引き取りにいってやりたくなる。

いっぽう、そんなせつない思いが割って入る余地のないものもある。たとえば北海道江差の「五勝手屋羊羹」である。

はじめて手にしたとき、一分のすきもない合理的な仕様に目をぱちくりした。直径三センチ、長さ十三センチ、発煙筒みたいな赤い細筒のなかに羊羹がみっちり詰まっており、食べるときは自分で筒底をぎゅーっと押し上げて中身の羊羹の頭を出す。すきなだけ出したら、こんどは筒のふちに付属の木綿糸を当て、くるっと一周させると、たちまち円柱形に切れる。包丁もまな板もいらず、手も汚さず、いっさい

のむだがない。意匠と機能が完璧に合体したこんなみごとな仕組みを誰が考案したのだろう。

しかし、である。さすが明治三年創業、北海道きっての銘菓だけあると感心している場合ではない。じっさい、わたしは内心あせった――すきな端っこがない。

押し出されてむにゅーっと顔を出す円柱の先端からして、晴れやかだ。そこには砂糖がまぶしてあり、いかにも輝かしく、祝祭感さえ漂っている。とうぜん、端っこのいたいけな様子の片鱗(へんりん)はどこにもない。筒底を押すたび、ぐいっ、ぐいっ、最後の最後まで存在感たっぷりにせり上がってくるから一分の隙もなく、いってみれば筒の中身ぜんたいが本体そのもの。よぶんな端っこの出る幕はどこにもない。だいす

きな羊羹だが、すこしだけ、さみしい。

端っこは、はぐれて拗ねた風情がこのもしい。胸にしまった心情をわたしだけは知っているよ、よしよしと仲間意識に浸らせてくれるところも、とても愛おしい。

ありがとう

もう何十年もまえの話になるけれど、二十代の後半のころ、家人にそれとなく注意された一件がいまでも脳裏をよぎることがある。あのさ、気になってることがあるんだけどさ。切り出されたのはこういう話だった。「ありがとう」と言うとき、ちょっと気をつけたほうがいいよ。おれ、横で聞いてててひやひやすることがたまにある。

意味がよくわからなかった。みょうなことを言うなあ。素直にあり

がたいと伝えてどこがいけないんだ？

聞いてみると、だんだん背中に汗が滲んできた。喫茶店でコーヒーを淹れて運んできてもらって、「ありがとう」。修繕してもらった靴を受け取りに行って、代金と引き替えに「ありがとう」。ポストに入らない郵便物を玄関先まで持ってきてくれた郵便局のひとに「ありがとう」……年端もいかない女の口からでる「ありがとう」はちょっと聞き苦しい。なにかしてもらったときは「ありがとうございます」、きちんと言うほうがいいんじゃないか。

最初、きょとんとしてしまった。「ありがとう」ではどうしてだめなのか。「上から目線」のつもりなどあるはずもなく、ただありがたいと伝えたいだけなのに。それは考えすぎの反応じゃないだろうか。

しかし、よくよく聞いてみると、まったくもって一理ある話なのだった。ここで肝心なのは、自分があらかじめ奉仕を受ける側にいるということだ。立場上、奉仕を受けるほうの人間が「ありがとう」と口にするとき、その言葉はおのずと上から下へくだる。いくら気持ちをこめたつもりでも、受ける側、提供した側、あらかじめ関係に位置が与えられているときは、微妙なニュアンスが混じることがある。かといって「ございます」までつけると慇懃無礼に響く場合もあるわけで、そのあたりがなにかとむずかしいわけだが……。

諄々と説明されながら、はっとした。突飛な連想で申しわけないが、そういえば天皇陛下は感謝の意を述べるとき、かならず「ありがとう」とだけおっしゃる。「ありがとうございます」と口になさるのは

一度も聞いたことがない。もしもそう言われたら、こちらが恐縮して居どころを失ってしまう。そんなわかりきったことを、おまえはなにを寝惚けているのかと笑われるだろうけれど、何十年も経ったいままでも、「ありがとう」の話をときどき自戒をこめて思いだす。家人の懇篤な説明を聞きながら、若かったわたしは顔から火がでる思いだった。みっともないことをしでかしているんだなあ、わたしは。さらに自分の胸のうちを覗きこむと、恐ろしくなった。どこかに「代金を支払っているのだから、してもらって当然」という気分が潜んでいるのだろうか。だから「ありがとう」で終わらせていたのだろうか。闇のなかから魑魅魍魎が現れてきそうで、うろたえてしまった。ああ、考えが浅いというのは怖しいことだ。

でも、いまはこうも思う。親しい友だちや仕事の仲間や家族にまっすぐひと言「ありがとう」と言うとき、さっぱりとしてすがすがしい。階段でも坂道でもない、まして落とし穴のひとつもない、真っ平らな運動場を駆けてきて笑顔でにこっとバトンを渡す、そんなさっぱりとした気持ちを味わうのである。

食べてくれなくても

「おとなとこどものぶん、二種類つくらなきゃいけないから大変です」

初対面のそのひとは目に疲れを溜め、すがるようにつぶやいた。三十一歳で、主婦をしていて、こどもは五歳の男の子なのだという。わたしはびっくりして聞き返した。ええと、どうして二種類つくらなきゃいけない成りゆきに？

彼女は即答した。

「だって、こどもが喜ぶものをつくらないと食べてくれないから」

ハンバーグとかチキンライスとか、いわゆる「お子様メニュー」を手を替え品を替えつくるのだが、いっぽう夫はその手がしごく嫌いで、けっきょく料理を二種類こしらえることになる。だから手間も時間も二倍かかって、もう大変なんです――説明しながら、彼女はなんども「大変」を繰りかえすのだった。ひとそれぞれ、なんと違うことよなあ。わたしは自分の二十数年まえの記憶をたぐり寄せて内心苦笑した。なにしろ、わたしには「こどもが喜ぶものをつくる」という発想そのものがなかった。食卓で「こどもとおとなを分ける」など想像したこともなかった。というより、毎日どうにか滞りなく終えるのに精一杯

で、ことこまかに気遣う余裕がまるきりなかったというべきかもしれない。ほうれんそうのお浸し、にんじんのサラダ、ピーマンと豚肉の炒めもの、巷(ちまた)でこどもが苦手だとされている野菜もお構いなし、食べたくなければ食べなくて結構。空腹で泣きをみるのは自分なのだからね。

ハンバーグもチキンライスもめったにつくらなかった。おとなが食べたいと思わなかったから。ようするに「お子様メニュー」とは無縁で、べつだん困りもしなかった。こどもは「とほほ」と困ったことがあったかもしれないけれど。

こどもは、おとなの足もとを見る。微妙な動揺や不安を察知するときなど、電光石火の早業だ。気づいていないと高をくくっても、とん

でもない、たいていお見通し。だから、「食べてくれないと困る」という腰の退けた気分もきっちり突いてくる。おとなが対抗しようとしても、そこはぜんぜん敵(かな)わない。

つい先日、べつのひとからこんなふうに聞かれた。

「自宅によくひとを招くのですが、おとなとこども両方によろこばれるストライクゾーンの料理があったら教えてください」

きょとんとしたわたしは、さぞかし間抜けに見えただろう。その発想自体が、わたしにはすっぽ抜けているのだ。はなから「おとなとこども両方を制するストライクゾーン」なんかあるわけがないと思っている。

ぐっと返答に詰まりながら、思った。おとなが楽しんでいたら、こ

どももきっと楽しい。おいしそうに食べていたら、食べてみたいと思うはず。そんなふうに信じて、あとは鷹揚にやればいいのではないかしら。

ただし、人生いろいろである。友だちの夫婦はふたりともシブい味覚で、珍味や乾物や干物を食卓によく並べる。八歳の男の子もおなじ食卓につくわけだが、担任の先生から学級会での発言を聞かされて、さすがに赤面しちゃったわよと言うのである。

「おれの好物はたこぶつ、たたみいわし、からすみ、さんまのわたの醤油焼きでーす」

その若さで、すでにりっぱなおやじなのだった。

いつ眼鏡は顔の一部になるのか

靴下といっしょで、眼鏡もとつぜん行方不明になる。

靴下を脱いだときは天地神明に誓って右と左同時だったのに、洗濯ものを干すとき、または取りこんでたたむとき、なぜ片方だけ消えているのか。キツネにつままれてうろたえるのだが、こういうときは忘れたふりがいちばんだ（数日後、または半月のち、ひょっこり登場するから）。でも、眼鏡に行方不明になってもらっては困るのだ。

先週、ともだちのRちゃんと喫茶店で会ったら、席に座るなり肩を落としている。

「やんなっちゃう。眼鏡、うちにまた忘れてきてしまった」

「え。だったら取りに戻ったほうがいいよ。このあと会社に行くんでしょう」

Rちゃんは編集者だから、眼鏡がなくては仕事にならないのである。目玉を忘れてきたようなものだ。

「うん。でもいい。今日はむりやり〝眼鏡なしでも平気な仕事だけをする日〟にする」

わたしも、しばしば外出先であせる。もっとも確率が高いのは前日と違うバッグを持った日で、電車のなかで本を読もうとして忘れてき

たことに気づき、愕然とする。本が読めないのは我慢すればいいのだが、それだけではすまない。会食の約束などあれば、たいてい品書きはぼやけて読めないから相手のひとに音読してもらったりして面倒なことになる。携帯電話をかけるさいも数字を判別するのにひと苦労するし、家に帰り着くまでひたすら障害物競走がつづく。

いや、家にあるとわかっているときはまだいい。問題は、つい数分前まで自分の顔の上にあったのに行方不明というときだ。

たんなる老眼だから、近いものを見るための眼鏡をかけたりはずしたり、忙しいことこのうえない。新聞を読むとき、郵便物を開けて中身をあらためるとき、クリーニングの伝票の仕上がり日を確認するとき、頻繁なこと。その合間、自分がひょいと置いた場所がわからなく

なって、眼鏡はどこだ、おーい眼鏡やぁいとあわてふためいてあちこち探し回るのだが、これには消耗させせられる。

いつまでたっても眼鏡に馴れない。四十代の後半になってかけ始めたのだが、もう六、七年経つのに異物感が消えないのは、ようするに馴れたくないからなのだろう。こどものときからずっと視力がよかったのに、いまは眼鏡に頼らざるを得ない事態への抵抗感。そこには、片翼をもがれたような落胆の感情も混じっている。「受け容れる」というのは、どうやら自分が思うよりずっとやっかいなものであるらしい。

だから、眼鏡どこだっけどこだっけ、うろうろ探しながら、しょうがないなあと嘆息する。おっかしいなあ、ついさっきここに置いたは

ずなんだけど、どこかで見なかった、わたしの眼鏡。つんのめって家人に聞くと、無言で頭のうえを指差されてうつむく……という古いコントみたいなオチもある。

最近、ハラを括って眼鏡を三つ誂えた。居間用、寝室用、風呂場用(風呂で本を読むのです)。すると、行方不明事件が一気に激減。なぜこの手にもっと早く気づかなかったか。先輩顔をしてRちゃんに教えてあげたら、「そりゃ名案だ。まず会社用にひとつ、さっそく買う!」。ものすごく感謝された。

やっぱり忘れもの

え、このひとまで？　自分だけじゃなかった。内心ほっと胸をなで下ろすときのうれしさといったら、ない。つい昨日もにんまりしてしまいました。

コンピュータの調子に暗雲が垂れこめると、すぐさますがる友だちがいる。いや、窮地を救ってくれるひとを気安く友だちなどと呼んではバチがあたる。じっさい、わたしにとっては神さま同然の存在だ。

仕事をしている途中、なんの前触れもなく画面がフリーズしてコンピュータがただの難儀な箱と化すことが数年に一度ある。いつも神さまに頼ってばかりでは悪いから、まず電話帳をめくって修理会社に電話してみると、「預かってから修理する」だの「予約待ち、三日後でなければ」だの、地獄を覗かせられる。奴がうんともすんとも言わなくなるのは決まって差し迫った締め切りの真っ最中。「神も仏もいないのか」。天を仰いで号泣寸前である。

わたしは涙を溜めて携帯電話に手をかける。

「はいコンドウです」

蜘蛛の糸を握りしめ、切々と窮状を訴える。そもそもわたしのコンピュータはコンドウさんの手による設計である。彼の説明によるとそ

れはたいへん高性能にセットアップされているらしいのだが、わたしにはそのレベルの高さがよくわかってはいない。備わっている能力の五％も生かせていないことには自信があるのだが、それはさておき。

ふんふんと聞いたのち、コンドウさんは断じた。

「リチウム電池が切れかけてるのかもしれないな。明日いる？　行って交換してあげるよ」

全能の神である。わたしはひざまずく思いだ。

翌日、やって来るなりコンドウさんが唸るではないか。

「いけね。工具を忘れた」

用意周到を地でゆく緻密なひとだけに、まあ珍しいわねと言うと、深いため息をつく。

「こないだコンピュータの部品を調達しに店に行ったんだよ。買いたいものは五つあった。ひとつめ、二つめを買って、三つめを探したら品切れ。品番やらくわしく指定して注文したら、四、五つめをすっかり忘れて帰ってきちゃったんだ」

ありえねえ、おれ。呆けるには早いよな。しきりに愚痴るので、あーらそんなのしょっちゅうよ、あたしなんか。勇気づける側にまわる。

「もう自分を信用してないもん。買いものに行くときは、必要なものはあらかじめぜんぶメモして、指差し確認しながら歩くわよ」

銀行の振り込み、ファクスの印字用紙、カレー粉、クリーニングの受け取り、まったく違う方向の用事がいっぺんに重なると、メモなしではお手上げである。

「でもさ、最近おなじような忘れものが続いてるから動揺してるのさ」

言いながらリチウム電池を入れ替え、ついでにデータの更新やら容量のチェックやら、「さあこれで当面は問題ない。原稿がんばれよな」と帰っていった。

今日も窮地を救ってくれてありがとう。手を合わせながら、みごと回復したコンピュータのまえに座ると、あれ？　机のうえに見慣れない鍵の束がある。「ああっ」と声がでた。それは、さっきの全能の神が工具代わりに使った忘れものなのだった。

ストッキングで闘う

おしゃれについての女の直言は値千金である。

六つ年下の女友だちのSちゃんと久しぶりにごはんを食べることになった。わたしのほうが先に着き、メニューなど読みながら、そういえばSちゃんはいつもすてきな服を着ている、今日はどんな格好で現れるのかと思ったら、ちょっとときめいた。そうか、女とデートするときの男は、こんな気分を味わっているのか。いいもんである。

「よーこさん、お久しぶりです」

レストランに現れたSちゃんは、やっぱり「おっ」と思わせた。すとんとシンプルなラインの白無地レース地の膝丈ワンピース、八センチヒールのグレイのエナメルパンプス。座ったまま見上げると、長身で細身のSちゃんがいっそう華やかで、またどきどきする。

「わあすてきね、そのワンピース」

思わず感嘆すると、顔を寄せて小声の早口で言う。

「でもこれ、ファストファッションの店で九千八百円」

えぇー信じられない、一桁違って見えるよと本心から言い、またしても感嘆する。なるほど、ファストファッションの服はこういうふうに堂々と着こなすといいんだな。

生ハムやらすずきのカルパッチョを食べはじめたらワイングラス片手に話は止まらず、ひととおり食事が終わってからもう少し喋（しゃべ）ろうということになり、タクシーで近くの店に移動する。隣の席のSちゃんの長い脚を見ると、おやストッキングを穿いている。わたしはといえば、素足にサンダルだ。この猛暑なのにストッキングは呼吸困難にならないかと思い、またしても聞いてみる。長年の女ともだちは、考えなしに条件反射で口にだせるというところが気楽でいい。

「ねえ、この暑いのにストッキングなんか穿いてて気持ちわるくならないの」

Sちゃんは毅然（きぜん）として背筋を伸ばし、脚を組み直して断言した。

「生足はだめ。ストッキングはね、戦闘グッズですから」

「えっ、なにと闘ってんの」

「社会ですかね」

袈裟(けさ)がけを目の当たりに見た気がした。Sちゃんは泣く子も黙る某女性誌編集長である。ついさっき、数字相手に毎日格闘している、やたら会議が多い、部下の面倒があまりに大変だ、あれこれ聞いたばかりだから「社会」の意味はわかる気がするが、それでもおっかぶせてみた。

「わたしなら真夏にストッキングなんて、発狂する」

すると、Sちゃんは余裕の笑みさえ浮かべて言う。

「いや、よーこさんはべつに穿かなくていいです。ひとり机のまえで原稿と闘ってるんだから」

その点、わたしの日々の敵は目前の人間ですからね、と言い、ストッキングなしではみすみす無防備な後ろ姿を見せてしまう気になる、だからクローゼットのなかにはつねに二十足ストックしてないと安心できない、でもこんな話はひとに言いませんけどね、と締めくくった。

女にとってストッキングはネクタイとおなじでもあるだろうか。

「それ、お高いイタリア製？」

「ううん、国産。でも長年かかって探し出した自己満足の逸品」

もったいなくもブランド名と製品番号を教えてくれるので、急いでバッグからペンを取り出して、いちおうノートに書きつけておいた。

フライパン人生、やり直し

さあ、やるか！　おすもうさんが土俵際で塩をまく気分で、敢然と立ち上がった気合イッパツ、いよいよはじめるぞ。なにを意気込んでいるかといえば、フライパンが相手である。しかも、油かすやら汚れやらびっしり、黒岩石と化したしろもの。知り合いから一ヶ月前に預かった。

こやつが手もとにやってきたのは、ただの話のなりゆきである。と

きどき寄る居酒屋で飲んでいると、古くからの顔見知りと隣り合わせた。のんびり世間話に興じていると、なにかの拍子に「捨てたいもの」の話になった。

　捨ててしまいたいもの、捨てたくても捨てられないもの、ああ困るよね。視線を宙に彷徨（さまよ）わせながら、おたがい自分の徳利に手を伸ばしつつ微妙な沈黙にふけりはじめたそのとき。Rちゃんがきっとなって顔を起こして言い放った。

「決めた！　あたしフライパン捨てる」

　え、なにそれ。聞いてみると、台所に「汚らしい鉄屑（くず）」どうぜんのフライパンが放置してあるという。大学時代に親に買ってもらってから二十数年のうちに変わり果ててしまった。それが目に入るたび、自

分のだめっぷりを指摘されて気分がどんよりするのだが、かといって今日まで捨てられずにきた……と、こういう話である。

わたしはにやりとした。それ、鉄のフライパンでしょう。だったら再出発の道があるのよ、じつは。Rちゃんは半信半疑で聞き返す。

「まさか、いったいどうやって？」

わたしはちゅっと酒を啜ってから、大自慢の面持ちでとくとくと説明におよんだ。

かいつまむとこんなふう。

鉄のフライパンは、どんな酷い状態になっても出直せる。まずそのまま強火にかけ、付着している汚れをじかに焼いて炭化させる。煙がもうもう上がっても、怖がらずに。すっかり炭化したらフライパンを

冷まし、こんどは広げた新聞紙のうえに置いてヘラを当て、焦げをごりごり削り取る。さらに紙やすりをかけ、つぎにクレンザーとナイロンタワシで磨く。この段階で、むきだしの銀色の肌が現れているはず。一気にここまで説明すると、Rちゃんは「そんなことして平気なの？」と目をまるくしているから、さらに勢いに乗って語りに入る。ここから先はね、最終仕上げよ。から焼きすると、表面に酸化皮膜ができて玉虫色に光る。そうしたら油を注いで数分間弱火にかけてなじませる。油を捨ててからキッチンペーパーでふくと、あらま！　驚愕（きょうがく）のぴっかぴかのフライパン誕生。

わたしは、この方法で自分のフライパンや中華鍋を再生させてきたこと、友だちに教えてあげたら何度も恩人だと拝まれたこと……だめ

押しした。するとRちゃんは、目を輝かせてなんと言ったか。

「やる。ぜったいやってみる。もいっかい説明して！」

がっくりきて説明するのが面倒くさくなったわたしは、酔ったついでに口を滑らせてしまった。

「しょうがないなあ。いいよ、やったげるよ。こんどそのフライパン持ってきて」

そんなわけで、しょうことなしの腕まくり。しかし、ぴっかぴかに生まれ変わったあの瞬間、ぶっちぎりの爽快感を独占するかと思うと、しめしめとも思う。

繕うということ

コンピュータの調子が思わしくないので、またコンドウさんに様子を見にきてもらった。起動させても画面が黒いまま微動だにしない。電源をいったん切っておなじ作業を繰り返すと、今度は事なきを得る。やれやれと冷や汗が引っこむわけだが、ここで気を許すと泣きをみる。三年前もおなじ兆候があり、だましだまし使っていたら、原稿の締め切りがいくつも重なったたまったただなかで突然コンピュータは息絶えた

のだった。

まだぐずりましたか。苦笑しながら修繕道具を抱えてやってきたコンドウさんは、馴れた手つきで本体を解体し、露呈した複雑な内部を覗きこむ。わたしもいっしょに、なにもわかりもしないくせに首を伸ばして覗く。

だれかがなにかを修繕していると、じいっと眺めたくなる。電気屋のおじさんが脚立に乗って風呂場の天井を開け、電気の配線系統をいじっているときなど、じゃまだろうなと思いつつ下に立って見上げてしまう。故障した洗濯機を相手に販売元のおにいさんがドライバーを握って奮闘していると、背後から興味津々で観察する。手もとから目が離せなくなるのだ。ただ直すというより、繕いをほどこしている風

情に映る。繕う、または修繕という言葉には、相手の身のうちに足を踏み入れるニュアンスがある。現況を探り、理解し、把握したうえでつぎなる一手をほどこす。そこには傷んだものを慮(おもんぱか)っている気配も漂う。故障や不具合の原因はそうして入念に探り当てながら掌握し、おたがいの関係をつくってゆくものだから、その過程の細部に魅きつけられてしまうのだ。

　東京の下町にある草履や下駄を扱う店をたずねたときのことだ。その日、わたしは紬(つむぎ)の着物に畳表の草履をはいていた。藍染の半纏(はんてん)をはおった初老の店主は、わたしの足もとにちらっと視線を走らせるなり、言った。

「おや、鼻緒がちょいと緩んでませんか」

図星である。この草履を履くと、不意に足が前へ滑るようになっていた。それを繕ってもらうつもりで暖簾をくぐったのだった。

「体重が乗るとどうしても緩んで脇が甘くなっちゃうから、ときどき締めてやらないとね。草履はピッと引っかけるくらいが様子がいいやね」

いかにも下町らしい切れ味のよい言葉ののち、すぐやって差し上げますからお待ちくださいと促されて草履を脱ぎ、椅子に腰掛けた。店主はさっそく草履をくるりと表裏逆さにし、底の四角い窓を開ける。もちろんわたしも首を伸ばして覗きこむ。右手に握った「くじり」と呼ぶキリ状の道具の持ち手は鈍い飴(あめ)色に光って、いかにも使いやすそうだ。その先端を差し入れて内側から白い紐を取り出し、ひとしきり

鼻緒の締め具合の調節がはじまる。

「よしっ、こんなところだ」

　左右ふたつ渡されて履いてみると、足の脇がぴしっと引き締まって心地よい。「あとで伸びるぶんを計算に入れて、詰まり気味に調整しときましたから。すこうし左足に力が入るようですね」とつけ足され、わたしはただ感嘆するほかなかった。

　すぐれた修繕は、相手の癖や気性までつかむ作業でもあるようだ。コンピュータの機嫌を取り繕ってくれたコンドウさんは言った。埃(ほこり)を吸いこんで内部に熱が溜まってました。こいつ、たまには掃除してくれと拗ねてたんですよ。

汚れは揉み出す

　ひとには人生を支える言葉、いってみれば座右の銘というのがあるようだ。政治家は四文字を好むのか、揮毫（きごう）を求められて「素志貫徹」（野田佳彦）、「至誠通天」（前原誠司）、「不易流行」（馬淵澄夫）……気持ちだけはわかる。

　ひとの人生の数だけ存在する座右の銘だが、不朽の名作といえば「七転び八起き」「意志あるところに道あり」「明日は明日の風が吹く」

あたりだろうか。泥臭さを抜くと、「ただ犀の角のように独り歩め」なんていうのもある。わたしの知人に、崖っぷちに立たされたとき決まって頭のなかで鳴り出す曲があるというので、膝を乗りだして「なになに」と問うてみると、それは「三百六十五歩のマーチ」で、じっと前奏に耳を澄まし、やおら水前寺清子といっしょに脳内でハモるとなぜかがんばれる気になれるという。

「だから、『三百六十五歩のマーチ』は、おれにとって座右の銘だ」

異論はない。ついでに彼は「連帯保証人は引き受けるな」という銘もたいせつにしていると教えてくれたのだが、これは銘というのだろうか。ちょっと違うような気もしたが、謹んで参考にしたい。

いま急に思いだしたのだが、小学生のとき、卒業記念の寄せ書きに

「人生あきらめが肝心」と書いた男子がいた。もちろんウケを狙ってのことだが、「初志貫徹」だの「鉄は熱いうちに打て」だの、辞書をめくって探してきた覚えたてが連なるなかで、「人生あきらめが肝心」は、がぜん異彩を放って目に焼きついた。小学生のぶんざいですでに人生を舐めているという理由で担任教師にはたいへん不評だったが、その男子の顔ははんぶん忘れかけても「人生あきらめが肝心」だけは忘れられない。

あなたにはそういう言葉がありますか、と聞かれるときがある。すると、なぜかぴょんと躍りでるひと言がある。座右の銘といわれればどうかなと思うのだが、わたしにとってはだいじなひと言だ。

「ふきんの汚れは揉み出す」

目を見開かされるとはこのこと。敬愛する老料理人の口から聞いた瞬間、雷鳴が鳴り響くようだった。雷といっしょに瀧（たき）にも打たれた心地を味わいながら、そのときわたしは思ったものだ。だいじな言葉と邂逅（かいこう）した瞬間、ひとはこんな衝撃を受けるものなのだな。

読んだとおり、聞いたとおりの意味である。ふきん、雑巾、「汚れは揉み出す」。ただそれだけのことなのだが、簡潔きわまりない言葉のなかにあらたな発見があり、経験に裏打ちされた洞察がある。たんなる技術指南にみえながら、「洗う」という言葉の意味をこまやかに腑分けしてみせるところにも芸がある。

以来、「汚れは揉み出す」という言葉がしょっちゅう頭のなかで鳴るようになった。じっさい、ただ洗うのと揉み出すのとでは、汚れの

落ちかたがまるで違う。手指をそのようにこまかく動かすと、繊維の内側の汚れが外へ誘導され、浮かびあがってくるのである。そののちのふきん、雑巾は、ひとっ風呂浴びたあとのよう。小ざっぱりした顔つきになり、じつに機嫌がよさそうだ。

ものごとに取り組むときは、仔細(しさい)に、丁寧にやれ。勝手にそう解釈を広げることもできるわけで、きょうもわたしはせっせとふきんの汚れを揉み出しております。

おとなの椅子取りゲーム

椅子取りゲームには、いつだって興奮した。人数よりひとつ足りない椅子を輪にならべ、まわりをぐるぐる回る。合図があったら大急ぎで椅子に突進。単純な遊びなのに、あぶれ役が自分にならないよう、みんなが本気で椅子にダッシュするのがおもしろかった。幼稚園のころよくやったけれど、あれはおとながやってもけっこう興奮するに違いない。

さあそこで、椅子を取るのではなく、椅子を変える話である。ときどき椅子の持ち場を変える。すると、家のなかの空気がおおきく動く。日ごろ椅子にはそれぞれの位置が与えられているわけだが、固定していた位置を入れ替え、決まり切っていた役割を解いてみるのである。

とても簡単なことだ。食卓の椅子の向かいとこっち、左と右、ばらばらに位置を入れ替えるだけで、あらま！　おどろくほど風景が変わる。または、寝室にある椅子と居間に置いてある椅子を交換したりもする。ひとつは背つきの四本脚、ひとつは背もアームもないスツール、まったく違う椅子であっても意に介さず、ただの思いつきで「こんどはこっちに行ってもらいます」。持ち場を移動していただく。

椅子が定期的に家のなかをぐるぐる回っているかっこうだ。座る者も心得たもので、「おや、こんどはコレが来たか」。きのうとはまったく違う座り心地に、意外な新鮮さをおぼえる。と同時に、椅子という家具が持つ空間の支配力にあらためて気づかされるのである。

おや、と思われたかもしれないが、ご明察。わたしの家の椅子はぜんぶばらばらだ。

食卓にある椅子も一脚ずつ違う。木製だけは共通しているけれど、色、背の高さ、座の面積、アームのあるなし、でこぼこ。新しいもの、古いもの、リプロダクトもの、新旧入り交じって、五脚がひとチームを結成している。見ようによっては奇妙な風景かもしれないが、椅子は揃えなくていい、ばらばらを楽しめばいいやと決めて、一脚ずつ気

ままに集めてきた。

わかったことが、いくつかある。椅子は、用途にまつわるメッセージをみずから発している。郵便物を開けるとき、ちょっとだけ食卓のはじを使おうとして、気がつくと座っているのは手軽なスツールだ。はがきを書こうというときは、やっぱり据わりのいい座面の広い椅子。落ち着きたいなというときは、ふと気づくとアームつきの椅子に座っていたりする。おなじ食卓であっても、椅子が違えばべつの位置がよくなるわけで、無言のうちに椅子に指示されていると思うと、ちょっと愉快な気分にもなる。

――ふむ、おまえの気持ちはわからないでもないが、そんなの面倒だとおっしゃる向きにはべつの妙案がある。椅子を変えるのではなく、

座る人間のほうを変えるのだ。つまり、椅子はおなじだが、いつも座っている位置を変える。

これにも、びっくりしてしまう。おなじ家のなかなのに、見える眺めがずいぶん違うのだ。へえ意外にこっちの景色もいいわね、などとやるわけである。

おや、なにかに似ていると思ったら、椅子取りゲームではないですか。椅子の数を減らさない椅子取りゲーム。

月曜の朝の煩悩

月曜の朝は、がぜん張り切ってウの目タカの目になり、家じゅうを見回る。じろじろ目つきのよろしくない自分を、魂を渡して悪魔メフィストフェレスと取引したファウスト博士になぞらえたくなる。

ごみの日の朝なのだ。わたしの住んでいる地区では、燃えるごみの回収日は週明けの月曜、週なかばの木曜の二回。そのあいだに不燃ごみの回収が一回、再生ごみの回収が一回ある。第一弾の朝につまずき

たくなくて、出せるごみは根こそぎ出し尽くそうというわけなのだが、表面をさらうとはいえ、身辺がさっぱりするような幻想にとらわれる。

朝七時、台所のダストボックスからごみ袋をずるずる引きだす。木曜から四日ぶん、それなりの嵩（かさ）がある。いったん床に置くと、ビヤ樽（だる）のように袋がだらりと広がって、まだ入りますぜ、と囁きかけてくるので毎度張り切ってしまう。

ただし、ちいさな嘆息もでる。できるだけ余計なごみは出さないようにに心がけて暮らしているつもりでも、けっきょくこんなにたくさん。負のサイクルに組み込まれている無力感を味わうが、爽快にはじめたい月曜の朝だから、そこには気がつかないふりをする。

（身辺の燃えるごみを根こそぎ集めるのだ）

暗い情熱をめらめらと燃やしながら、冷蔵庫のなか、机のうえ、じろじろ観察する。用済みのメモ、期限の過ぎたクリーニングのサービス券、チラシの類もゆめ見落とさず、たいした収穫のないときは財布を開けて必要のない領収書を選(よ)って捨てたりもする。とりわけ達成感があるのは、花びんに活(い)けてある花や枝ものの片づけどきだ。長い枝となると四日ぶんのごみが溜まった袋におさまらないので、もう一枚あたらしい袋を用意し、ハサミで断ちながら手際よく片づけると、気分のよさは最高潮だ。晴れやかな一週間の幕開けに、うんうんと満足げにうなずく自分がいる。

もちろん、当日の朝食をつくったあとのごみも、ぬかりはない。おおきな口を開けたごみ袋のいちばん上に、だめ押しの新鮮な生ごみ。

ただしこのとき、頭をよぎるものがある。コンポストだ。生ごみを肥料にして土に循環させる有機的な循環はいかにもむだがなくて魅かれるけれど、コンポストを使っている友だちの泣き言に足止めされたままでいる。

「肥料ができすぎて、できすぎて、家が土に埋もれてしまいそう」

それはいや。うちの狭い庭など、たちまち肥料の海に呑みこまれるのは目に見えている。

朝八時になった。生ごみを出す役目を任じている家人が言う。

「もう出していいかい」

シンクの内側まで確認ののち、満足げにわたしは答える。

「ハイだいじょうぶ！」

こうして月曜の朝のごみ袋は、回収場所に運ばれてゆく。

禊ぎを終えた気分になった朝八時半、梨でも食べましょう、とナイフを握る。と、梨から垂れている生ごみ、いや違った、長い皮を見てはっとする。

（謀ったなメフィスト！）

事態を察知した家人が笑いを押し殺し、わざと気の毒そうにつぶやく。

「回収車はもう行ってしまったようだ。残念だったな」

小鳥来る日

レース編みのすきま

窓ぎわで白いレース編みの飾りが揺れている。

東欧に旅をした友だちが土産にくれたもので、直径十センチほどの丸い形、上部におなじ糸で編んだ小さな輪っかがついている。何に使うものなのかわからないまま、輪っかは吊り下げるためと解釈して、窓枠にピンを刺してちょこんと掛けてみた。

日差しが入りはじめてからしばらく過ぎて、おや、と気づいた。少

し離れた場所にある机のうえにきれいな丸い影ができている。まるで机に彫刻した文様みたい。それは、窓辺のレース模様を光が通過してできた影なのだった。

立ち止まって丸い影を見る。

今度は振り返って、窓辺の白いレース飾りを見る。

ふたつを交互に見比べながら、わたしは軽い衝撃をおぼえた。レースというものは、糸を編んでつくった模様、その模様のすきま、ふたつがあってはじめて成立している。ついつい「そこにある」レース模様にばかり気を取られるけれど、じっさいは「そこにない」空間があってこそ。レース模様にとって、すきまは圧倒的な実在感を持っているのだ。そう思うと、それまで気にもしなかったレースのすきまが、

どんどん大きな意味を持って見えてくるのだった。

あるもの、ないもの。両方には同等の意味がある。または、こうもいえるだろう。不在は、じつは確かな実在のかたちでもある、と。

この夏はじめて着たレースのワンピースでも、同じことを思った。丸いレース編みの白と黒のモチーフ、何十枚も市松模様にならべて綴じ、ワンピースに仕立てた一枚。とうぜん透けているので、下におなじ丈の薄い一枚を着ることになる。

黒いスリップドレスのような一枚がついていたので、まずそのうえに重ねて着てみた。すると、黒が地色になって、レース模様がくっきりと引き立って主張する。鏡のまえでその様子を見たとき、はっとしたのだ。そうだったのか。すきまは、ぼんやりと抜けたただの空間で

はなかったのだな。

がぜん興味が湧き、今度は手持ちの白いスリップドレスを持ち出してきて、重ねて着てみた。すると、地色になった白にレース模様の白い部分の輪郭が溶けこみ、さっきとは打って変わっておとなしい雰囲気だ。全体の印象はずいぶんぼやけるけれど、こっちの場合は黒いモチーフだけがぽっかり浮かび、それはそれでおもしろい。やっぱりここでも、すきまは無言のまま、たいした効果を上げて実在感を発揮しているのだった。

きっと、すきまのことがあまりに衝撃的だったからだろう。日差しを避けて、公園の木陰で涼んでいたときのことだ。ベンチに座って汗を拭きながら空を見上げると、頭上に桜の木の枝が手を伸ばしていた。

すると、ただの枝の重なり合いなのに、そのすきま、つまり枝や葉っぱの向こうの青い空間が模様として目に飛びこんできたのである。

へえ、おもしろいな。こんなふうにしげしげとすきまを見たことがなかった。がぜんその気になって焦点をずらすと、そこには無数の青い文様が点在している——。目を凝らすと、なかには雲の白もあった。はじめて眺める意外な模様に意表を突かれ、飽きなかった。

モンパルナスでお墓参り

カーテンのすきまから外をのぞくと、朝八時を過ぎたのにひっそりと暗い。十月末のパリ、眼下のモンパルナス大通りは車も人影もまばらだが、もうジョギングシューズも履いてしまったし、パーカのジッパーも引き上げた。さあ、という気持ちに背中を押され、ホテルの六階の部屋をでてエレベーターのボタンを押した。

十四区モンパルナスに滞在して五日め、きのうの朝は雨もようで断

念したけれど、おとといは六区のリュクサンブール公園まで走った。広大なフランス式庭園美につられ、やみくもに速度を上げたり歩いたり、汗だくでホテルに戻るととっくに十時過ぎだった。もちろんそのころにはぴかぴかの青空。いったん明けると、パリの朝は大急ぎで明るくなる。

どっちへ走ろう。薄闇に身を浸して数歩進むと、目前のヴァヴァン交差点角、むかしながらのカフェ「ラ・ロトンド」が目に飛びこんできた。かつてこの界隈（かいわい）に住んでいた貧しい詩人や画家たちは、しじゅうカフェにたむろしていただけあって、斜め向かいには「ラ・クーポール」、その手前に「ル・ドーム」、老舗のカフェがひしめき、いまも健在を誇っている。

決めた。モンパルナス墓地だ。あの「ル・ドーム」の脇の道をまっすぐ進んだ突き当たり、モンパルナス墓地にはフランス文化を担ってきたたくさんの芸術家や文学者たちが眠っている。きょうは朝からお墓参り。

枯れ葉色の街路樹に囲まれた正門をくぐると、そこには緑ゆたかなモンパルナス墓地が広がっている。わずか十五分のあいだに靄が晴れ、すっかり朝の爽快が充ちて清々しい。まるで公園のようだが、ここをドスドス走るのは気が退ける。

守衛のおじさんと目が合った。

「ボンジュール！」

近づいてきて、話しかけてくれる。

「地図を持ってるか。ないならあげるよ」

なんて親切なんだ。渡された紙には、表に見取り図と百の番号、裏に百名の氏名と職業、それぞれ照合できるようになっている。サルトルとボーヴォワール。マルグリット・デュラス。ボードレール。セルジュ・ゲンズブール。サン＝サーンス。ジーン・セバーグ……みなここで静かな眠りについている。

最初に手を合わせた（日本人だからやっぱり）のはサルトルとボーヴォワールがなかよくいっしょに眠るお墓だったが、出合いがしらに驚いた。墓石に刻まれたふたりの名前を囲むようにして、たくさんの赤いキスマーク！　思わず微笑をさそわれる光景だ。デュラスのお墓にも、だれが手向けたのか艶っぽいローズ色の花。早朝の墓地を、な

ごやかな空気が包みこんでいる。写真家ブラッサイのお墓に手を合わせたあと、七区画にあるという写真家マン・レイのお墓にも、と思ったけれど見つからず、とりあえず七区画ぜんたいに向かって合掌。整然と広がる墓地をふた巡りほどするうち、すっかり場になじんでいた。

朝のお墓参りは気持ちのいいものですね。長らく親しんできた芸術家や文学者とあいさつを交わしたようで、なんだかうれしかった。

帰り道、ブランジェリーに寄って、ポケットの小銭でクロワッサンをひとつだけ買った。くるっと巻いた紙から香ばしい匂いが伝わってきたとたん、おなかがぐうと鳴った。

素朴なかごをふたつ、みっつ

ときどき寄るバーのカウンターに、大きな竹細工の平かごが置いてある。照明を落としたシックな空間に幾何学模様の素朴な編み目がくっきり浮かび上がって、いつも見とれてしまう。

夏はトマトや筆しょうが。マスカットやピオーネの房が盛り上げられているときもある。さきごろ久しぶりに寄ってみると、二十世紀やら長十郎やら梨がごろごろ盛ってある様子がまっ先に視界に入り、目

がよろこんだ。わかってるなあ、いいバーだなここは、などと眺めながら飲むマティーニの味は天下一品だ。

かごの威力には、目を見張るものがある。果物でも野菜でも、買い物袋から移し替えただけで、がぜん存在感が光る。さっきまで八百屋の軒先に積み上がっていたふつうの玉ねぎなのに、いったんかごにおさまるとびっくりだ。茶色の薄皮に包まれた球体が、なにかこう、誇らしげな感じ。姿かたち、色、質感、かごを舞台に堂々。誇らしく映るのはにんじんもなすもおなじで、かくして台所でも保存用にかごを使うことになる。通気性がいいのも便利なところ。

素朴で自然な風合いが、果物や野菜をいったん野山に戻す。こうして目の前にあるけれど、そもそも土のなかや樹木の枝の上で育まれた

産物だということを無言のうちに思い起こさせてくれるから、玉ねぎやなすが少し畏れ多いような、ありがたいような風景に映る。いや、それ以前に、竹やツルを編んでつくられたかごは無条件に美しいし、美しいものは相手もいっしょに引き立てる。

ところで、かごを持つのは夏場のイメージが強いけれど、秋だろうが冬だろうが、季節にとらわれなくてもちっとも構わないと思っているので、年中つねに買いものにはかご持参だ。築地に行けば、ゴム長を履いたごついおじさんたちが手に手に籐(とう)や竹製の仕入れかごをぶら提げているのだが、その様子がめっぽうかっこいい。丈夫で、水に強くて、汚れにくく、なにしろ機能的。いつか使ってみたいと憧れている。

じっさい、丁寧に編まれたかごの強度には驚かされる。わたしは数年来、洗面台の脇に竹で編んだかごを置いて化粧品を入れているのだが、毎日開け閉めを繰り返しても、びくともしない。それどころか、触っているうちにうっすらと艶もでてくるので、ますます愛着が湧いてくるというしだい。意匠と機能がぴたりと合致しているところもすばらしい。正方形の空き模様の四つ目編み、斜めに組む亀甲編みや麻の葉編み、ぴしっと目の詰まったござ目編み、規則的なカギ型が美しい網代(あじろ)編み……編む技術、地方色、そこに素材の持ち味が加味されて、数限りない味わいが生まれるところも無敵な感じだ。

ちょっと知りたくなって調べてみると、鳥取の青谷上寺地遺跡から弥生時代のかご状のものがたくさん出土しているという。収穫物を入

れたり保存したりするために使われたらしいのだが、すでに古代から世界中で手近な植物を利用してかごが編まれていたのはうなずける話だ。では、いったい何をお手本にして、かごを編んだのだろう。鳥やハチの巣なんか、しげしげと眺めながら思いついたのかしら。空想を広げながら身辺にいろんなかごを置くのは、とてもたのしい。

日曜の朝はパンケーキ

今朝はいつもより少しだけ光っていて、なにかに祝福されているような気がする。ごくたまにだけれど、そんなふうに思える日がある。とくに理由もないのに、ああいい日曜日のはじまりだなと窓の外の青空をにこにこ見上げたくなる、そんな日。

そういう日曜日にお誂え向きの朝食がある。パンケーキである。

むずかしいことはなにもない。フライパンに生地を薄く流しこんで、

両面をふっくら焼くだけ。ホットケーキとどう違うの、と聞かれると、いちばんわかりやすいのは「ホットケーキの生地は厚く、パンケーキはごく薄い」。そして、ホットケーキの場合はメイプルシロップやバターを添えるのが定番だけれど、パンケーキの場合は薄いのを何枚か焼き、ジャムや蜂蜜を添えてもいいし、ベーコンやハム、チーズやサラダを添えてもいい。甘い味、しょっぱい味、どっちの方向にも気ままになびいてゆけるところが便利至極である。

パンケーキは、夢のようだった二十五年前の午後の時間も連れてくる。長くロンドンに暮らした友だちが帰国して、挨拶がわりのホームパーティを開くからぜひ来てね、と案内があった。小さな花など携えていそいそでかけてゆくと、テーブルに皿やナイフ、フォーク、紙ナ

プキンがセットしてある。招かれた七人が席につくと、彼女は宣言した。

「きょうはパンケーキパーティよ。わたしがパンケーキをどんどん焼くから、みんな好きなものを好きなようにどうぞ」

すてきな取り合わせにうっとりした。テーブルの中央に置いてある光景も忘れない。スモークサーモン。ハム。ソーセージ。サワークリーム。カッテージチーズ。りんご。サラダ菜とトマトのサラダ。ブルーベリージャム。蜂蜜。彼女は簡易コンロの横に立ってフライパンをのせ、昨晩からつくって寝かせておいたという生地をお玉ですくってたらーりと垂らし、小さいのを一枚ずつ、上下を返して焼く。ひっきりなしに焼けるまるいパンケーキは、熱が冷めないよう厚手のキッチ

ンクロスのなかに包まれた。七人のお客はそれぞれ、自分の皿に焼きたてのパンケーキをのせ、ハムとチーズをのせて折りたたんだり、サラダをくるっと巻いたり、好きなように食べた。冷えた白ワインのグラスを片手に、みんなこれ以上の幸福はないという顔をして、何枚もするするとおなかにおさめた。

ロンドンではこういうパンケーキパーティをよく開いてたの。焼くだけだし、材料はなんだって合うし、気軽だし、楽しいし、なによりおいしいしね。それに、と彼女はにっこり言い足した。白ワインと合うってところがすてきよね。あの笑顔も忘れられないでいる。

だから、わたしのパンケーキには、きらきら輝くようだったあの二十五年前の午後の時間もいっしょに入っている。生地のつくりかたも、

あの日、彼女が教えてくれたのとおなじだ。小麦粉、卵、牛乳、ベーキングパウダー。よーく混ぜて冷蔵庫でひと晩寝かせるのがこつよと教えてくれたけれど、わたしの場合は、思いついて日曜の朝にちゃちゃっとつくることがほとんどだ。だって「今朝はなにかに祝福されている！」、急にそんな気分を受け取ったとき、あわてふためきながらにこにこ焼きたくなるから。

いりこの島の秋祭り

定刻十七時五十分、連絡船「ニューいぶき」が観音寺港をはなれた。バスみたいに使われているちいさな連絡船。日焼けした漁師、子連れのおかあさん、高校生、釣りびと、てんでんばらばらなのに、のんびりした船内の空気が身になじむ。

その二十五分後、瀬戸内海にぽっかり浮かぶ人口七百人あまりのちいさな島、伊吹島に降りたった。

伊吹島を訪れるのは二度めである。ずっと愛用し続けてきたいりこの島に行ってみたいと願っていたら、去年の夏、最初の機会がやってきた。満を持して島に上陸すると、海沿いにいわし漁の網元がずらりと並び、白い湯気がもうもうと上がっている。黄色いタオルをきゅっと頭に巻いたかっこいいおばあちゃんが、できたてほやほや、乾燥したてのいりこを一尾さし出してくれた。

「食べてみんか」

大羽と呼ばれる堂々たるLサイズ。愛着のある「わたしのいりこ」に対面できて、感無量になった。

島を出るとき、地元で「伊吹島研究会」を主宰する三好兼光さんが教えてくださった――また秋に来たらええよ。秋祭りには船渡御の神

事があります。その言葉に手を引かれて、この十月一日、「伊吹秋季大祭」当日に島に渡ったのである。

胸がすく秋晴れの翌朝、さっそく真浦港に行ってみると、色とりどりの大漁旗で華やかに飾りたてられたいわし漁船「松栄丸」の晴れすがたがあった。よく見ると二艘（そう）を並行につなげた一艘仕立てである。ご神体を載せた神輿（みこし）がここに入り、おともの船を従えて島を一周するという。潮風を受けてはためく大漁旗が平成二十三年の秋祭りを祝って、めでたいことこのうえない。

正午ちかく、いまかいまかと待っていると、港を見下ろす拝殿からご神体を移された神輿がやってきた。一路進んでくる行列の先頭には、挟箱（はさみ）を持つ白装束の二人、弓や槍（やり）を手にした子どもたち、島の長老

たち、つづく神輿の担ぎ手は四十二の厄年を迎えた男たち。しんがりをつとめるのは東、西、南、三つの集落を代表する豪奢（ごうしゃ）な太鼓台。その行列を見守る島のひとびとの誇らしそうな顔、顔、顔。

わたしは目を見張った。瀬戸内海に浮かぶちいさな島で、こうして毎秋だいじに島の文化が引き継がれてきたのだ。その事実に打たれ、と同時に、いりこに伊吹島との縁を結んでもらったことが愉快でもあった。さらにありがたい経験をすることになった。ことし六十一歳を迎えた三好さんは、同級生たちといっしょにおともの船に乗船する。せっかく遠路やってきたのだからと、わたしをその船に乗せてくださるというのである。

大漁旗をはためかせて「松栄丸」が海に滑りだすと、おともの五艘

があとにつづいた。恵比寿さまが奉られている浦を順番に渡りながら進み、その途中、全艘が海上に並んで停泊してみなが弁当をいただき、神さまと食事をともにする。神輿の船では酒を酌み交わしながらの無礼講である。

真浦港を出てから二時間ほど、ふたたび船団は港へ向かい、とどこおりなく船渡御の神事はおわった。

波しぶきを浴びながら走った瀬戸内の海のきらめきが忘れられない。明るく、やわらかな秋の光に包まれながら、伊吹島のひとびとは代々このようにして海の神さまを言祝(ことほ)いできたのである。

女三人、酉の市

女三人、酉の市

今年の酉(とり)の市は一の酉、二の酉、三の酉があった。女三人誘い合わせて出かけたのは二の酉、いつもの新宿花園神社である。

十一月半ばだというのに今年はずいぶんあたたかいね、なんだか毎年すこしずつあたたかくなってゆく気がするね。石畳の上で久しぶりの声を聞きながら、参拝の行列に連なる。ようやく拝殿に至る石段までたどり着いたところで、そのうちのひとりが不意につぶやいた。

「三人で酉の市にいくようになってもう何年経つのかしら」

あとのひとり、もうひとりのわたし、虚を突かれてぽかんとする。とりたてて数えたことがなかったから。

「十二年は経ってる。だってヒラマツさんがいまの家に引っ越す前からだもの」

「ということは十五年は経ってるんじゃないの」

「いやもっと前よ。だってほら……」

けっきょく十七年かなと帳尻を合わせたのだが、三人ともいい加減なものである。石段の途中に突っ立って、おたがいまじまじ顔を見合わせてしまった。かりに十七年として、一年一年石を積むようにして十七回通いつづけてきたというわけだ。

参拝したあと、おみくじを買うのも恒例である。「あら大吉」「あたし小吉」「そのくらいがちょうどいいのよ」、交わす言葉も判で押したよう。そして、にぎにぎしく境内に軒を並べる熊手の店のうちのいつもの一軒を目指し、それぞれ自分の熊手を求める。木札に墨で名前を書き入れて熊手に刺してもらい、恒例によりましてめでたくしゃんしゃん三三七拍子。これがわたしたち三人の酉の市なのである。

熊手を手にして石畳を歩きながら、思う。わたしひとりだけでは続かなかった。じつのところ、わたしは決めごとに縛られるのが苦手で、ジンクスも持たないし、習慣に拘束されると息苦しさが先立つ。むしろ日常の鋳型などつくらず、臨機応変を受け容れるところに日常のおもしろみがあると思いたい質(たち)だ。早朝に一時間歩くのは、日課といえ

ばたしかに日課に違いないが、決まりごとと思ったとたん、にわかに朝の楽しみが失(う)せる。「楽しいこと」に水が差された気分に陥ってしまうから、決めごとからは距離を置いておきたい。

酉の市のころになると、とくに約束もしないのに「今年はいつにする」と連絡を取り合う。歳時記に手招きされてひとつところに寄り合う、そのうれしさが拠(よりどころ)なのだ。

今年はおたがいに旧知の友を三人亡くした。熊手を手にしたあと近くで食事をするのもいつもの流れだが、やはり話は身罷(みまか)ったひとのことになる。親友が亡くなる一ヶ月前のこの春、どうしてもタヒチに行きたいという希望を叶(かな)えてやるために医者の許可を得て旅に付き添ったという話を聞きながら、ああわたしたちもそんな年回りになったの

だと粛然とする。

「また来年なのかな、みんなで会うのは」

ひとりが言った。

「ときどきごはん食べようね。もっと会おうね」

あら、でもね。わたしが言った。「たしか去年もおなじことを言ったわよ」

三人いっしょにあははと笑った。

ミルコさんの「毛のない生活」

具合のわるいとき、気持ちが塞(ふさ)ぐときは寝るに限る。熱い風呂に浸かってからふとんに入って無理にでも目をつぶる。そのうち眠気がやってきたら、しめたもの。目が覚めたら朝になっているので、とりあえずコマは進んだと思うことにする。

でも、その日の朝はそうはいかなかった。いつもの時間に起きて顔を洗っていたら、とつぜん左の背中の深部に鋭い痛みが刺さった。ゴ

ルゴ13に狙撃されたみたいに痛みは背中いちめんに広がり、居間のソファまで辿り着いたところで身動きできなくなって石になった。

すぐに近くの病院に転がりこんだのだが、受付のまえで、また倒れた。動けない、歩けない、動悸が激しい、けっきょく車いすに乗せられて検査室に運ばれ、まず心電図をとることになった。

灯りを落とした検査室のベッドに横たわると、硬いマットのうえに石になった自分がごろりんと投げだされた感覚になった。少しでも呼吸を整えようと目を閉じると、つい二日まえに読んだ本のことが思いだされた。それは、山口ミルコ『毛のない生活』(ミシマ社)だった。

ミルコさんは数多くの本を手がけた編集者で、長年勤めた会社を退社した一ヶ月後にガンを宣告されてとつぜんの闘病生活を余儀なくされ

る。

「まさか自分が坊主になろうとは。（中略）起きてマクラが髪の毛だらけで真っ黒だったあの朝のことは、生涯忘れないだろう」

抗ガン剤投与から十日後に白血球が減り、十四日後に脱毛。脱毛してゆく過程では、頭皮が痛むから保冷剤で冷やすとラクになったという描写がなまなましい。でも、髪の毛がびっしりへばりついた洗面台のまえに立って鏡を見ながら、「むしろ前よりひたいが美しい」と自分を観察する客観性がある。そして、三週間で「坊主になった」。

辛苦をつづった闘病記なのに、読むほどに清浄な空気が流れこんできて、無類のすがすがしさをおぼえた。起こってしまった病気にたいして、むやみにあわてず、つぎに必要なことを選択し、自分の底力を信

じてよい結果が訪れるのを待つ――こうして書けばさらりと聞こえがちだが、苦痛や恐怖や不安でいっぱいになりながら、それでも「待つ」のは、どんなに重く苦しいことだろう。

しかし、ミルコさんは「耐える」のではなく、「待つ」。

耐えるのは、いまの苦しさに埋没してしまうことだが、待つのは違う。この経験を乗り越えて自分の身体が変わってゆくと見透し、前方の光のほうへ顔を向ける。ともすると受け身に思いがちな「待つ」ことを、四十代のミルコさんはもっとも困難な局面にありながら、身体感覚を伴った希望の手だてに変えるのである。その姿にわたしは感動をおぼえた。そして、ミルコさんはふたたび「毛のある生活」を迎える。

もうひとつ、あらためてだいじなことを教わった。「ない生活」は「ある生活」と表裏一体なのだ。いまの「ある生活」は、明日の「ない生活」の裏返しにすぎない。病気や別れ、死もまた。それは生きていくうえで、ごくあたりまえのことなのだ。

硬い石になって診療台に転がったまま、「ない生活」はほんとうにいまここにあるなあと思った。いろいろ検査をしたら、とりあえず心臓はなんでもなかった。

四十年ぶりの湯たんぽ

「ついに落城してしまいました」

長いつきあいの男性編集者がくやしそうにつぶやくので聞いてみると、寒さに耐えかねてズボン下を買い、今日はそれを穿いているんですという。いいじゃない、やせ我慢して風邪を引くよりましだと言うと、

「そりゃそうなんですが、あと戻りができないからくやしい」

その話ならよくわかる。いったん身体が覚えてしまったら、あたたかさのハードルは上がる。ぬくぬくとした幸福感にしがみつきたくなるのは当然のなりゆきだ。

わたしも、あと戻りはむずかしい。湯たんぽと再会してしまったから。

そもそも小学生のころは真冬になると湯たんぽの出番で、母が布団のなかに入れておいてくれるのが毎夜の習いだった。身体をもぐりこませた瞬間のうれしさ、あれは今でも忘れられない。上下の布団がたっぷり熱を吸収して、ぬくい穴蔵のよう。アルマジロみたいに四肢をまるめると、永い冬眠に導かれてゆくような快楽に身をやつした。わたしにとって湯たんぽは、遠い日の甘やかな記憶の鍵でもあるのだっ

た。

その湯たんぽと再会してみようかという気にさせたのは、今年の寒さである。二月に入って冷えこみはひときわ、うっかりするとしたたか打たれるような鋭さに脅えてのことだ。

さあそれでは、と満を持して買ったのはドイツの湯たんぽである。くにゃくにゃの樹脂製、フリース生地のカバーつき。栓を開いて熱い湯を注ぎ、また栓をきゅっと閉め、そのまま布団のなかに入れておくだけの簡便なつくりである。一夜め、二時間ほど経ってから布団におずおずともぐりこむと、あの親しい幸福感がどっと押し寄せて戻ってきた。

翌朝は、すこし身構えた。じつをいえば、むかし使っていた湯たん

ぽは朝になるとすっかり冷えており、触れた足先がきゅっと縮む布団のなかの異物に変わり果てていたのがとても哀しかったのだ。

　布団の下のほう、足のあたりに転がっているはずの湯たんぽをおそるおそる探ってみる。すると……まだあったかい！　手にとってみると、ふんにゃりとやわらかなそれは惰眠を貪（むさぼ）っている猫を思わせるぬくもりを宿していた。その日以来、湯たんぽが手放せなくなった。台所仕事をおえるとき、やかんに湯を沸かして湯たんぽの口に注ぎ入れてきゅっと栓をし、それをベッドの布団のなかに忍ばせるのがあらたな習慣だ。そして布団に入ると……！　落城というより、籠絡（ろうらく）された気分。じんわりと放熱される優しいぬくもりに再会したら、あと戻りはおろか、逃してなるものかと執着がでた。

ある夜。会合で遅くなって、深夜に家に戻った。すると、台所のすみにぶら下げておいたはずの湯たんぽが二つ、どこにも見つからない。おかしいな、けげんに思ったのち「もしかしたら」。急いで自室に入って布団のなかに手を入れてみると、おお！　果たしてそこにはぬくぬくとあたたかな湯たんぽ。

いったいいつまで続くのかな、とからかい気味に傍観していた家人が、まんまと落城。自分の湯たんぽをみずから準備した、そのついでの親切とみえる。あまりに愉快で、夜中にぐふふと笑いがでた。

消えた片割れ

お。ちょっとひるむ。
寒くなってくると、ときどき道のまんなかに黒ずんだ不審なモノが
ぽつねんと、ある。
すわ鼠(ねずみ)か。
いや、アレじゃないのか？
しかし、判別できるまで気は緩められない。微妙にびくつきながら、

そろりと接近。どうやら鼠ではなさそうだ。胸をなでおろし、歩を緩めて、あぁやっぱり。

手袋である。手袋の片割れ。

ほっとして余裕がでると、こんどは同情が湧いてくる。路傍の落としものに視線を注ぎながら、もういっぽうの片割れに思いを馳(は)せる。

おーい、厄介払いになってはいないか。もうひとつの片割れを案じて、不憫(ふびん)になってしまう。邪険にされて哀しい目に遭っちゃいないか。

でも、待っていらっしゃい。相方を失って途方に暮れているかもしれないが、ひょんなことで再会を果たすことがあるのだから。あんなに捜索したのに、消えたソックスの片方が簞笥の奥から発見される奇跡とおなじで、手袋の片割れも、電柱のボルトの出っ張りとか生け垣

とか、親切なひとに拾われて寒風に吹かれながら見つけてもらうのを気長に待っていたりする。そういえばこどものころ、手袋は首にかける紐つきだったなあ。

消えた長靴の片割れが戻ってきたこともある。

夕方になってすっかり雨がやんだ日、下校のとちゅうの長靴と傘はいかにもじゃまで鬱陶しい。水たまりにじゃぶじゃぶ入って歩くうちに威勢がつき、だれかが大声を張り上げながら長靴を蹴り上げた。

「あーした天気になあれ」

なにしろ重いゴムだから、いったん勢いを与えられると期待以上に飛距離がでる。すぽっと足から抜ける瞬間からして、やたら爽快で気持ちがいい。「あーした天気に」と唱えおわると、一拍置いて溜めを

つくってから蹴り上げ、放物線を描いて飛行するのを眺める。そして、落下した場所までけんけんをして取りにゆくのもおもしろくて、友だちどうし競うようにして交代で蹴って遊んだ。

何度めかの「あーした天気に」のあとだった。思い切って足を振ると、びっくりするくらい勢いよくすっぽ抜けてしまい、夕空めざして飛んでゆく。唖然（あぜん）として見送っていると、赤い長靴は知らない家の塀のなかに音もなく吸いこまれて消えてしまった。呼び鈴を押す勇気はどこにもない。

帰ったら叱られると思うと、むきだしの片足がよけい情けなかった。どんな理由をこじつけたか忘れてしまったけれど、まさか自分で蹴って飛ばしたとはいえるはずもなかった。長靴の片割れがぽつねんと玄

関先にある様子は圧倒的な不在感をともなってうら寂しく、こんど雨の日がきたらどうすればいいのだろうと不安でいっぱいになった。

数日後のことである。下校のとちゅう、おなじ道を歩いていると、一軒の家の門の脇に見慣れた赤いものが置いてある。ほかでもない、雨の日、塀のなかに消えたわたしの長靴の片割れだった。そろそろと近づいてひっつかみ、長靴ひとつ胸にかかえて脱兎（だっと）のごとく駆けて帰る。

さっそく片割れの隣に並べると、ふたつでひとつの長靴がほっとひと心地ついて、もう離れないぞとおたがいの手を握り合っているように見えた。

今日の郵便受け

毎日たくさんの郵便物が届く。

郵便受けのなかをのぞくと、いつもひるんでしまう。たとえば保険会社の連絡、区の広報紙、住んでいる集合住宅の月次報告、展覧会や個展の案内、原稿料の振り込み通知。寄贈本をおさめた厚手の封筒。寄贈の雑誌も数冊くわわる。その日ごと種々雑多、郵便受けのふたを開けた瞬間、印刷物がぎっしり詰まった光景は、まるでこの世のカオ

スのようだ。

どっさり溜まった中身にいそいそ手を伸ばすときもある。いっぽう、ふたを開けて満杯の中身を目にした瞬間、泣きたくなるときもある。おもしろいもので、これればかりはあらかじめ予測がつかない。自分で自分の反応の方向が読めないのです。だから、ちょっとやっかい。いつのまにかわたしは、郵便受けを開けたときの自分の反応によって、その日の疲労度を測るくせがついてしまった。淡々と取り出すとき、もちろんこれにはなんの問題もない。「寄贈」とはんこが押された封筒を見つけたときなど、わあどんな本かしら、誰が送ってくださったのだろう、うれしくて待ちきれず、その場でべりべり開けて中身を確かめたい衝動に襲われる。問題は、意味もなく泣きたくなるときであ

る。このときの気分は、間違いなく後ろ向き。郵便物の山を見たとたん負債を突きつけられているような、正体不明の相手に脅迫されているような、わけのわからない気分が高じてくる。さらりと受け流せなくて、ああごめんなさい、なにに対してかわからないが、やたら謝りたくなっている自分を、こんどはため息まじりに持てあます。

疲れているんだな、今日は。郵便受けに手を突っ込んでちからなくごそごそ取り出しながら、はじめて気づく。雨の日など最悪で、郵便物が濡れないよう傘を斜めに差しだし、ぐらつきながらのぞきこんでいると、自分が世界一ののろまになった気分になる。つるっと手が滑って植木のなかに封筒が落下して濡れたのをつまみ上げるときなど、情けなさは最高潮だ。

気を取り直して片手に抱え、家に持って入る。着替えてから（挽回するつもり）ソファに腰を下ろし（体勢をととのえるつもり）、つとめてゆっくり（ちょっと虚勢を張る）。ハサミを片手に一通ずつ開けてゆくのだが、これまた負のスパイラルに突入することがある。すきな雑誌を手にして、ごめん余裕がないの、いまは読めないの、泣きっ面。あとでゆっくり読めばいいだけの話なのだが。

おなじ物書きで「郵便受け恐怖症」を自認する知人がいる。とりあえず取り出すのだが、いったん部屋のなかに入れてしまうと開封しなきゃならない、読まなきゃいけない……強迫観念に襲われてムンクの「叫び」のような顔になってしまうので、数日玄関先に積み上げていったん塩漬けにするのだという。ようくわかる。書くことを仕事にし

ている者は日がな書いたり読んだりしてばかりだから、ときどき決壊して頭から文字が溢(あふ)れだしてしまうのだ。

でも。そんなとき郵便物のなかに一枚の自筆のはがきを発見することがある。地獄に仏。天から垂れた蜘蛛(くも)の糸。ぎゅっと握りしめてすがりつき、救われた気分になって、何度も読みかえす。

記憶のなかに棲む家

忘れられない家というのがある。木の表札の名前はぼやけて思いだせないのに、玄関の引き戸のレールがからころ鳴る音が耳の奥に残る小学校の同級生の子の家。または、薄暗い玄関をはいると、上がり框（かまち）に敷き詰められたりっぱなペルシャ絨毯に圧倒された京都の町家。沖縄の家の記憶となると、通り抜けてゆく風が色を添える。床にぺたりと座って飲んださんぴん茶の味、旧正月に糸満の旧家の本家でおこ

なわれたウートートート（お祈り）のようす、旅の記憶もくすぐってくる。

誰もいない家というのも、みょうに記憶に残るものだ。

「ごめんくださあい」

何度も繰り返しおとないをかけてもただしいんと鎮まりかえったままの家は、しだいに存在感をふくらませてのしかかってくる。

あるじを知らないのに、ずっと覚えこんでいる家もある。それは各戸のドアが外通路に面して並んだマンションで、知人の部屋を訪ねようとエレベーターを出て通路を歩いているときのことだ。昼下がりに通りがかった部屋のドアに、いぜん朝刊が差し込まれたままである。

(留守なのかな)

ドアの手前でふと思った瞬間、わたしの心中を読み取ったかのよう

に朝刊が勢いよくドアの向こう側にするっと吸いこまれ、新聞受け口がぱたんと音を立てて閉まったのである。ぎょっとして、あわてて早足で通り過ぎるのが精一杯だった。

住人が、家に届いた新聞を昼すぎに自分で引き抜いた、ただそれだけのなんということはない話なのだが、忘れられない。そのときわたしには、内部の部屋が生きものとなって餌をごくりと嚥下したふうに見えたのだ。

はげしい雨がふるたび、脳裏に浮かぶ家もある。

それは仕事ではじめて訪れたひとの家で、あいさつもそこそこに二階へ誘われて「うわあ」と感嘆した。階段を上がったすぐそこの居間には二メートル四方のおおきな窓が額縁のように広がっており、緑の

木立、満面に水を湛えた田んぼ、もくもくと青空に遊ぶ積雲、周辺の景色を家のなかへ惜しげもなく招き入れていたのである。

家の主人は、窓が描きだす絵画に見惚れて声もないわたしに、言った。

「窓の外のこの景色を毎日見たい一心で、この土地に家を建てようと決めたのです」

秋ともなれば、田んぼの稲穂は黄金色に染まってさわさわと揺れるだろう。刈り取られたあとの田んぼは休息につき、やがて土は乾いてひび割れが走るだろう。

しばらく話に夢中になっていると、とつぜん空が掻き曇り、はでな雷鳴が轟いた。ついさきほどまでの光と緑の饗宴は一転して消え失せ、

銀竹のような雨飛沫(しぶき)が窓いちめんをはげしく叩きはじめたのだった。プールに沈めた透明な箱に身を潜めて外界を眺めている、そんな感覚におぼれながら、知った——窓は自然へのいりぐちでもある。窓の持つ意味を教えてくれたから、あのときの家は、わたしのなかに雨と一対の記憶として嵌(は)めこまれたのだった。

じっさいには住まなくとも、こころのなかに棲(す)む家は枚挙にいとまがない。

おんぶして。肩車して

子どもをおんぶしているひとをめったに見かけなくなった。ぽかぽかとぬくい日だまりのなか、背中に両手を回してちいさな子の尻を支え、ときおり上下に揺さぶりながら道端であやしている姿など、むかしはよく見かけたものだったけれど。

そういえば、数十年前、「こどもは抱っこするべきか、それともおんぶか」という子育て議論がさかんに巷をにぎわせたことがあった。

それまで日本では、おんぶのほうが圧倒的に主流だった――というより問答無用、生活の知恵でもあったのである。なにしろ背負い紐で赤子を背中にくくりつけさえすれば、いちいち気にかける心配がない。まさに母子一体、両手もつかえて田植え仕事でも米研ぎでもへっちゃら。働く日本の母は強かった。

　そののち、めでたくも家事が軽減されて子育てのほうへ知恵が傾いてくると、抱っこのほうががぜん優勢になった。腕のなかに抱けば母と子が視線を合わせて密接なコミュニケーションがとれる、というのがその理由だったように覚えている。おんぶする姿が時流からはずれたのは、そんな背景があってのことだろう。どっちが「正解」なのかはわからない。

いまわたしが郷愁をかきたてられるのは、おんぶである。両手を首に回して母の背中にへばりつき、ぺたりとくっつくと自分の胸から腹にじんわりと体温が伝わってきた。顔を肩のあたりに埋めると、期待通りいつものぬくい匂いが鼻腔をふっくらと満たし、やみくもにうれしかった。でも、いま自分がどんなにうれしいかは言わずにおこうと思った――あの多幸感を思いだすと、いまでも胸が疼く。

すきなところはもうひとつあった。すっかり身を預けきる安心感ももちろんだったが、足の先がぶらぶらして宙を泳いでいるというところがよかったのだ。うまく説明がつかない感情なのだけれど、足が地についていない不安定さが、逆にこころ弾ませた。いかにも地面から離れて母の肩越しの高いところから見下ろしている、そのリアルな感

覚が、落ちないように守ってもらっている実感を際立たせたのだろうか。

おんぶとおなじくらい、いやそれ以上にすきだったのが肩車である。

「ねえねえ肩車して」

たまに甘えて頼む相手は父や祖父、叔父たちだった。しゃがんだ父の広い背中によじ登って首のところに両脚をかけ、よいしょとまたぐ。頭に両手をしっかり回し、鉢巻きみたいにおでこの周囲にぺたりと張りつかせて懸命に体勢を整えると、父がわたしの足首の両方をしっかと握る。

「いいかあ、上げるぞ」

下から声がかかると、おでこに回した手に緊張をこめ、二本の腕に

力を入れる。油断すると腰が反れ、うしろに転んで落下してしまう。えいやっ。満を持して父が一気に立ち上がると、ぐいーんと伸び上がって世界が変わる。その極端な変化は毎度おどろきと興奮をもたらしたが、担ぎあげてくれている肝心の父より高い場所にいることが、とても得意に思われた。

おんぶも肩車も、いまではもう叶わない。いくら望んでも、あのうれしさも驚きも甘さも帰ってはこない。三輪車だって、もう乗れないのだ。

ひよこの隊列、ごきげんさん

どんな光景がすきかといって、あんなにいいものはない。胸がきゅんとしてしまう。遭遇するのはたいてい、すこやかに晴れた日、朝と昼のまんなかくらいの時間である。近くの保育園の子ら十人ばかりの園児たちが黄色い帽子をかぶってなかよく手をつなぎ、とことこ道をゆく。先頭にはエプロン姿のせんせい。

親鳥にくっついて歩くひよこの隊列そっくり。あ、今日もいたいた。

ひよこの隊列に出くわすとうれしくなる。一生懸命歩く様子があまりにかわいくて、いつまでも見守りたくなる。ちいさな足がもつれはしないか。つまずいて転びはしないか。ひよこの隊列は無防備でいたいけない。

きょうの隊列は、ひい、ふう、みい、ひよこは八人である。でも、様子がちょっとおかしい。自然公園のいりぐちに入ったところで全員がしゅんとなって棒立ちになっている。おやおや、若い男せんせいに叱られているのである。

通りがかり、いやがおうでもガミガミ声が耳に届く。

「何度もせんせいは教えましたよね。おともだちが走って横断歩道を渡っても、せんせいが待ちなさいって言ったら渡ってはいけません」

男せんせいは大奮闘中なのだが、ちょっと頭ごなしに叱りすぎじゃないのか。余計な世話をつぶやきながら通り過ぎると、背後でまた大声が響く。

「いいですか、これはだいじなお話ですよ。ほんとにわかりましたか」

わかってますって。ひよこの代わりにぶつくさつぶやいたら、べつのいたいけなさがふくらんだ。そんなに怒らなくても、なんだかせつなくなって遊歩道を歩いていると、おや、こんどは別のひよこの隊列がいる。

こっちの親鳥は見るからにベテランの女せんせいで、またもやでかい声を張り上げているのだが、さっきとはまるで様子が違う。ひよこ

全員、目をきらきら輝かせて一心に女せんせいを見上げているのだ。

女せんせいの大声が池のほとりに響く。

「よいか、みなの者。ポケットに手を入れると敵にやられるぞ。左手もっ（左手、宙に突きあげる）、右手もっ（右手、宙に突きあげる）、こうやって（両手を胸のまえでエックス型に交差）、おれたちニンジャは元気にがんばるんだ！」

ひよこたち、いっせいに合唱。

「おーっ」

「よし、ではみなの者、寒さなんか吹き飛ばして、いざゆくぞ」

「おーっ」

わたしは「歩きながら笑いが止まらないへんなひと」になりました。

振り返ってみると、黄色い帽子を上下に揺らし、ひよこの隊列が池のほとりを闊歩（かっぽ）する。にっこにこのごきげんさん、これみよがしに両手を振って元気いっぱい。

なんてかわいいの。いっこうに笑いは止まらず、と同時に感心しきりである。さすがは年季の入った女せんせい。ポケットに手を入れて歩くなと叱るより、手をださないと転んで危ないと百回注意するより、こっちが正解なのである。頭ごなしに抑えつけられると、アタマもカラダもこちこちに縮こまるだけなのは、おとなもひよこも同じである。

ぐうぜん出逢ったふたつのひよこの隊列に余韻が残った。頬を切る冷たい風がふっとゆるんだ、真冬の朝と昼のはざまのことである。

ストッキングの警戒警報

立春の日、四人の来客があった。そのうちのひとりはすらりと背の高い初対面の女性なのだが、挨拶もそこそこに、彼女の両脚に視線が釘づけになってしまった。正確にいうと、初対面のひとの両脚をじいっと見つめるのは失礼だから、「目が釘づけになりそうなところを必死に我慢した」というのが正しいのだが。

あまりにすてきなストッキングだったのである。イタリア製かしら。

シンプルな無地の黒なのだが、きりっとした張りのある編み地で、しかも透明感と艶に主張がある。すらりと伸びた膝やふくらはぎがきゅっと締まって脚ぜんたいが豊かな陰影をまとっている様子は、まるで鮮やかなモノクロームの写真を見ているかのようだ。

もちろんそのひと自身もすてきなのだけれど、意志をもって選んだことがはっきり伝わってくるそのストッキングが、がぜん女っぷりを上げていることは間違いなかった。惚れ惚れするあまり「すてきなストッキングですね」と口走りそうになったけれど、やっぱり初対面でその発言は失礼だろうと思い直し、胸のなかでつぶやくにとどめた。

なぜ、あれほど眩(まぶ)しかったのだろう。来客を見送ったあと、映像の記憶を反芻(はんすう)しながらはっとした。この数ヶ月ずっと、寒さにめげて黒

いタイツばかりだった。透けないマットな黒いタイツは脚の表情を消して棒みたいに見せるから、気が置けなくて便利なことこのうえない。つまり、防寒対策に走ってばかりだったのである。

（あのね、そればかりではだめですよ、脚にも緊張感を持たせないと）

無言のうちに諭（さと）されたように思い、だからやたら眩しかったのだ。冬のおしゃれは不覚を取ってしまいがちだ。ついついあたたかさのほうへなびく。

コートときたら、ふと気がつけば着やすくていちばんあたたかいものばかりに袖を通している。冷えこむ朝はダウンのジャケット以外かんがえられず、ほとんど思考停止状態。セーターはタートルネックに

逃げがちだし、全身の色はつねに黒っぽい。首にはいちど巻いたら二度とあと戻りのできないストールを、ぐるぐる……毎日似たような服を着ているな、ちょっとまずいんじゃないか、さすがに頭のすみで警戒警報が鳴るのを聞きながら、でも。

防寒を優先していると、怠惰なおしゃれ（もしそういうものがあるとしたら）に馴れてしまう。こういうとき「定番」という言葉ほど危険なものはない。「定番」にすがって自分の逃げ道に赤絨毯を敷き、じりじり後ずさり。ことに女の場合、怠惰なおしゃれがこわいのは、ほんとうにこわいのは、なぜか体重もいっしょに道連れにしてしまうところなのだった。だからこそ真冬は体重計が手放せない。

いろんな意味でいよいよ危機感の高まる二月、ぴしゃりと冷や水を

浴びせてくれたのが、例のうつくしいストッキングだったというわけである。ときあたかも立春の日。

わたしは、立春というところにおおいに反応した。ようし、と一念発起、白いTシャツにオフホワイトのVネックのセーターなど翌日に着てみた。縮んでいた背中が、ちょっとだけ伸びた気がした。

幕引きのタイミング

「じゃあ二週間後にまたお会いして、打ち合わせしましょう。えーと私のスケジュールが空いている日は」

相手のひとが手帖を開いて読み上げるので、急いでバッグからペンを取り出し、メモ用紙に書きつける。

あれ？

ペンの先がかすれて書けない。

「三日、五、六、八、それから……」

指に力を入れて紙にぐいぐい押しつけてみるのだが、もっとかすれる。おかしいな。ぐいぐい。力まかせにペンを動かしたら、薄い紙がべりっと音を立てて破れた。呆然としていると、苦笑いしながら「はい」と、自分のペンを差し出してくれた。

終わりを察知するのはむずかしい。中身の見えないものはとくにやっかい。透明なボールペンの場合なら減り具合は一目瞭然だが、そうでない場合は「書けなさ具合」から察知するほかない。でも、（もう終わりかな）と諦めかけると、（いいや、まだまだ）。意地を見せて、急に黒々と復活してくれたりする。

「すごく困るのはマスカラの減り具合だわよ」

女友だちがいまいましそうに言う。

「だってほら、使い終わりになると、くっつくようでくっつかない。かといって、ぜんぜんつかないわけでもない。捨てように捨てられない」

わかる。首をたてにはげしく振ってわたしも同意する。マスカラは引き出した棒の先端をまつげにこすりつけるようにして塗るわけだが、なにしろ本体が不透明なので中身がまるで見えない。粘りのある黒い液体がまつげにたっぷりくっつくのは最初のうちで、それがだんだん減少してゆく。すでに折り返し地点は越えたとわかっても、きっぱりここで終了という線引きがない。そこでこちらは、つい終わりを引き延ばす。いや、意地汚くもったいながっているといえばそれまでなの

ですが。

自分で終わりを決める。幕を引く。諦める。そこが難儀なのです。もはやこれまで、ええいどうにでもせい。敵に囲まれて腹を決め、どっかと座って目を閉じる武将のような潔さを持ちたいものだが、なかなか。なりゆきを見越してほんの少し先廻りさえできれば、あわてることもなかろうに、やっぱりむずかしい。日めくり暦がだんだん薄くなってゆくときも、あせりが先立つ。

しかし、ものは考えようである。抵抗の余地もなく、きっぱり諦めをつけさせてもらえるありがたさよ。もし自分に幕引きを任されていたら、往生際が悪くていじいじ、いつまで経っても一年は終わらない(それはそれでかなり怖い)。

せっかく終わりを見せてもらっているのだからせめて逆手に取りたいと、溜まりに溜まった本の整理などおこないはじめて殊勝な気分に浸る。知らぬまに増えた使いかけのペン類も、このさい終わりかけ具合などシビアにチェックしてみたい。

ところで、とつぜん終わってくれると困るものの筆頭株は、卓上コンロのガスボンベである。いましも白い湯気をたてて鍋がぐつぐつ、鱈(たら)を入れて、白菜も入れて、とやっているとき、とつぜんガスが切れて鎮火。しかも、まぬけなことに買い置きがない。これだけは困る。ぜったいに困る。もうすぐ終わりますよ、とちゃんと耳打ちしておいてもらいたい。

スミレ美粧院のこと

歩きながら、あれ？　と首をかしげて立ち止まった。

(ここにあったのはなんだったろう。ええと、たしか……)

商店街の途中、ぽっかり空いた四角いがらんどう。むきだしの更地をクリーニング屋と八百屋の外壁がはさんで、空洞感をいっそう盛り上げている。しょっちゅう通りかかるのだから、消えたのがなにか、すぐわかるはずなのに思いだせない。おかしいな、ええと。じりじり

として、気ばかりあせる。

そういうことが、少なからずある。見慣れた風景なのに、いったん一部がなくなると、それがなんだったのかわからなくなるのだ。

何度もおなじはめに陥るうち、こう思うようになった――新しく増えたものはすぐわかる。新規な存在として目に飛びこんでくるから。ところが、消えた場合はそうはいかず、見慣れていたのに記憶があっさり流される。どうやら、消失したものを認識するのは、新しいものの場合よりはるかにむずかしい。

意地になってクリーニング屋と八百屋のあいだの風景を必死で思いだすと、それはときどき寄っていた薬屋だったから、自分でもがっくりだ。老夫婦が交代で店番をしている古い店だったが、急な事情でも

あったのだろうか。なかなか思いだせなかったのは、目前の消えた事実に動揺したせいにした。

しかし、消えたものは消えたもので、存外たくましいから油断大敵だ。「ふふ、そう簡単に消えませんよ」。むっくり身を起こして近づいてくるので、またもや動揺させられる。

半月ほどまえのことだ。久しぶりの道を歩いていると、おや、あたらしい美容院が開店している。看板の名前は「Wヘアサロン」と今ふうだが、よく見ると扉や窓の佇まいに見覚えがある。ペンキできれいに塗り直していても、厚手のガラスに太い木枠の取り合わせはなつかしい昭和の佇まいだ。

あっ。思わず声が出そうになった。ここはかつてこんな名前だった。

「スミレ美粧院」

ガラス窓の向こう、いつもきれいに髪を結った美容師のおばあさんが白い上っ張りを着て、せっせと立ち働いていた。お客は同年配の老婦人たち。頭にすっぽりおかまをかぶってパーマをかけている光景を、通りがかりに眺めるのがすきだった。この空間だけ、時計の針は動くのを忘れているらしかった。ところが、ある日とつぜん「スミレ美粧院」の看板が降ろされ、レースのカーテンは引かれたままになった。当初ずいぶん心配したものだが、廃れかけの風景にも目が馴れて、一年が過ぎた。そうこうして、べつの新しい店が居抜きで開店したというわけなのだった。おかしな話だが、新しい「Wヘアサロン」の前を通るたび、もうない「スミレ美粧院」のことをたくさん思いだすよう

になった。じつに細部までいろいろ、ガラス窓ごしに一瞬見かけたカーラーをくるくる巻く手つきまでも。

ひと知れず姿をくらます消えかたもあれば、新しいものが誘い水になって、いったん消え去ったのに息を吹き返すこともあるのだった。しかし、消えたのは見せかけで、ほんとうはじいっと身を潜めてどこかに「在（あ）る」。

ボタンつけ、この愛らしい仕事

クリーニングに出して引き取ってきたままのパンツを三本、クローゼットから半年ぶりに取り出した。試しに三本とも順番に穿いてみると、そのうちの一本についているボタンが二個、ぶらついている。おやおや。あわてて引っ張ってみると、糸がするっと伸びてあっけなく千切れ、ボタンもいっしょにはずれてしまった。もう一個のボタンもつけ根が不安定で、先行きが危ぶまれる。

ぷらんぷらんのボタンを眺めていたら、半年まえによぎった一瞬の気分が蘇った。クリーニングに出すとき、これはボタンが取れそうだな、繕っておかなくちゃと気づいたくせに、ボタンつけが面倒で放っておいたのだ。裁縫はそもそも苦手だが、雑事と仕事に追われてあっぷあっぷしているところに、悠長にボタンつけなんかやっていられないと苛立ち、見てみないふりをした。ようするに怠けたのである。

魔法のこびとが半年のあいだに針仕事をすませておいてくれるはずもなく、怠けた仕事はこうしてちゃんと自分に跳ね返ってきた。間抜けというか鼻白むというか、だれに見られているわけでもないのに、ばつが悪い。その気分をはやく帳消しにしたくて、そそくさと裁縫箱を取りに立った。

ボタンつけ。ほんとうは愛にあふれた仕事なのだ。糸のつながった針の先を小さな穴に通すうち、「頼りない薄くてまるい物体」がすこしずつ場所を得て、役割を持ってゆく。糸をぱちんと切り、針を離すと、そこに責任あるボタンが誕生するところは感動的でさえある。

でも、しばしば負担に感じてしまう。ほんのわずかな時間だもの、いつもにこにこ機嫌よくボタンつけができたら、どんなにうれしかろうと思うのに。

はじめて小学校の家庭科で習ったとき、自分で縫いつけたボタンの光景を信じられないものとして眺めた。ボタンは、いつだって世の中の摂理のような顔つきで整然と並んでいる。なのに、まさか自分の指でそれをつくれるなんて。針と糸のあつかいがどんなに拙(つたな)くても、た

だの「頼りない薄くてまるい物体」がりっぱな機能を担ったボタンに変わる、その衝撃と感激。愛にあふれているだけでなく、ボタンつけは手指を動かしておこなう裁縫という仕事の意味もいっしょに教えてくれたのだった。

ようするにわたしが自分に言い聞かせたいのは、こんなうれしい針仕事を、ほんとうはもっとよろこびたいということだ。背後に締め切り仕事が迫っていたり、来客の約束があったり、忙しさにかこつけてそれなりの口実を探しだし、わずかな手間のボタンつけをしばしば鬱陶しいものに貶（おとし）めてしまう。そんな自分の心持ちがとても寂しいように思えてならない。

ボタンつけに限らない。布巾縫い。雑巾縫い。裾かがり。靴下のほ

つれ塞ぎ。楽しみとはいわないまでも、日常のごく小さな裁縫仕事をいとわず、にこにことやりたい。やってみたい。いつの日か、ハンカチにひと文字のイニシャル刺繍など、余裕綽々（しゃくしゃく）でゆったり指を動かせたら、どんなにすてきだろう。

そんなことを思いながら丁寧にボタンつけをしてみたら、久しぶりの無心な感覚がとてもうれしかった。

逃げ出すよろこび

正午になるまえに家を出て、「三鷹行き」の電車に乗った。住んでいる町から西へ二駅進んだ終点駅なのだが、なにしろ行き先を決めていなかったので、先に来た電車にふらりと吸いこまれた。

真冬のよく晴れた日は、空中の光の粒子が極限まで透明度を高めてきらめく。駅のホームに立つと遙か遠方に富士山が見える日があると急に思い出すと、はて今日はどうだろう、気もそぞろになった。確か

めてみるか、富士山。ダウンコートを着こんで、すたすたと駅を目指した。

カードを改札機に押し当てて通り、そのままホームに上がって端のほうに立ち、たしかこっちの方角だったと目を凝らす。すると、絵の具を塗りこめた青一色の冬空の下、前方遠くに富士山のすがたはあった。こんなに遠くからなのに、白い雪帽子が強く目に染みるのが不思議だった。

満足したらこのままUターンして戻るのがもったいなくなり、じゃあ先にやって来たほうの電車に乗ってみるか、となったのである。

ときどき思い出す一枚の鉛筆画がある。放浪の画家、山下清が昭和二十九年に描いた「汽車道を歩いているところ」。いちめんの田んぼ

の画面中央、二本のレールがどこまでも続く線路が延びている。その線路の上で、風呂敷包みを片手にぶら提げた男がぽつんとひとり、後ろ向きに立つ。もちろん自画像である。

黒い鉛筆だけで細密に描いた情景なのだが、わたしはときどきこの絵をとても大事なものとして思い浮かべる。なんど連れ戻されても日常から逃げ出し、飽きず放浪を繰り返して日本中を歩いた山下清の原点のように思われるのだ。

風呂敷包みひとつ片手にして、放浪の旅をはじめたのは昭和十五年、とちゅう八幡学園や実家に舞いもどりながらも渡り鳥のようにえんえん十四年、鹿児島で保護される昭和二十九年まで日本各地を渡り歩いた。温泉町、港町、景勝地、あちこちで目にした風景がかずかずの貼

り絵や点描画を生み出してゆく。たとえば昭和二十五年の貼り絵「長岡の花火」。漆黒の夜空いっぱいに咲き誇る大輪の七つの花火の純真なうつくしさはどうだろう。画面いっぱいにあふれているのは、「見る」という行為がもたらしたひたすらなよろこびだ。

山下清は、その無上のよろこびを「逃げ出す」ことで手に入れたのだと思うと、とてつもなく痛快な気持ちになる。どこに向かうのかさっぱりわからないけれど、ともかくここではないところを目指して鉄道の上をせっせと歩きすすんだ。

「この頃何回も何回もとんねるをくぐるから　淋しいのに馴れてしまって　長いとんねるをくぐった時　少し淋しいだけでとんねるをくぐるのがおもしろくなった」(『裸の大将放浪記』)

いつもこころに山下清。わたしはずっとそう思ってきた者である。富士山をホームの端から見た日は、三鷹で降りてすぐ反対側の電車に乗ってＵターンして戻ってきたけれど、ずいぶん先まで旅をしたような気持ちがその日いちにち続いた。

梅の香に逢いにゆく

長年愛用しているお香がある。それは、むかし足繁(あししげ)く通っていた骨董店で教えてもらったものだ。

店の扉を開けるたび、出迎えてくれる香りにまずうっとりさせられた。

とはいえ、いきなり搔き抱いてくるような強引さはない。ほんのり、楚々(そそ)としてやわらか。すこし甘い。目で見ることも手に乗せることも

できないのに、香りというものは、なぜこうもくっきりとした輪郭を持つのだろう。骨董店に入るたび、ふと振り向いたひとが首をかしげてはにかみながら会釈する、そんな様子を思い浮かべたりもした。なにより、店を出たあとも李朝（りちょう）の白磁の壺（つぼ）などといっしょに、その馥郁（ふくいく）とした香りの余韻に酔いつづけた。

どんなタイミングだったか忘れてしまったけれど、通いはじめて二、三年めのころ、雑談の最中でふとお香の名前を尋ねる気になった。ほんとうを言えば、知りたい気持ちと知りたくない気持ちは等分だった。名前などどちらでもいいくらい好きだったし、この場所だけの香りにしておきたくもあったから。

店主はあっさり教えてくれた。

「ああこれ。『梅が香』といいます」

ぱあんと拍子木の音が鳴ったようだった。わたしは色めき立った。まさに、まさに。いったん知ってしまえば、ほかにどんな名前もあり得ないと思われた。たしかにこの香りは、寒風のなか、あえかに薫る梅のそれに違いなかった。

いつも二月から三月にかけて、植物園に通って梅をなんども見にゆく。そこには二百二十本も植わっているという梅園があり、何十種類もの品種が一堂に会して咲きっぷりを競い合う。紅千鳥、月の桂、白加賀、新冬至、紅鶴、薄色縮緬(ちりめん)、蓮久、茶筅(ちゃせん)梅、乾いた青空を背景にひとつひとつ梅文様がぱっちり、よッ待ってましたと声を掛けたいめでたさだ。その名も「思いのまま」など、ひとつの箇所に薄桃と白の

二色の花びらがフリルになって咲き集まる気まぐれな風貌がたまらない――書きながら思わず興奮してしまうくらい、毎年の梅見はとても興趣がある。

だからこそ、いま咲くか、もう咲いたか、しきりに気になる。しかし、ことしは寒さが影響して梅がほころぶ時期が二週間ほど延びているようす、出足がずいぶん遅いという。自分の目で確かめてみる気持ちになり、まず二月なかば、早々に出かけてみた。

なるほど梅園いちめん、黒く細い枝が突きでているばかり、歯を食いしばって寒空に耐えている。いつもなら目に飛びこんでくる色彩が見つからない。どれどれと近づいて顔を寄せてみると、無数のまるい粒が枝にきゅっとへばりつき、会議でも開いて決めたのか、どれもこ

れもがっちり硬い。

しかし、ほころんで笑っていなくても梅は梅である。たとえ硬いままでも、ほんのわずか紅や桃や白が洩れているのを見つけると、梅の香をきいた気になってしまう。

そこにあるようで、ない。ないと思うと、たしかにある。あのお香といっしょで、梅の香りには楚々とした恥じらいがあり、摑まえたと思ったら、ふわりと姿を消してしまう。それは、どこかで二の足を踏んでいる春の気配にも似ている。だからいっそう香りを摑まえたくなるのだ。

モンゴルの草原の奇跡

気持ちがささくれだつと、感情が痩せていく。雪だるま式というのか相乗効果というのか、しきりに痩せる方向へ、痩せる方向へ転がりたがる。ままよと自分を放りだしていると、ほうらおいでなすった。つぎにやってくるのは世を拗ねたあの気分だ――わたしにはどこにも居場所がない。

世界からつまはじき。ひとり膝を抱えて肩を震わせるわけだが、い

っぽう思いだされるのはモンゴルの草原である。地平線しか見えないあんな広大無辺な場所でさえ、わたしの居場所は与えられたではないか。その驚愕、その安寧。神さまの懐に掻き抱かれた瞬間を思いだすと、いまでも泣きたい気持ちになる。そして、すこし回復する。

大海原どうぜんの草原である。草こそいちめんに生えてはいるが、一本の立木もない、道もない。わずかな目印はといえば、ぽつんと建つ移動式住宅ゲルたったひとつ。羊のなめし革で周囲をぐるりと覆って天幕をつけたちいさな円形テントである。つい先週数十キロ先から家財道具の一切合財をたずさえて移動してきたばかり、家族五人暮らしのところへウランバートルからやってきた旅の者がわたしであった。

じっさい、ゲルから一歩外にでると、たちまち方向感覚が狂う。目

印にできるものが一切ない。馬に乗って走りだすと東西南北も消える。自分がどこにいるのか皆目見当もつかない恐怖、それは世界の果てに置き去りにされた絶望だ。

しかし、ここで暮らすには泣きごとは無用である。さし当たっての問題は用を足す場所で、はてどうすればよろしいかと家の長老に指示を仰ぐと、「しばらく歩いた先におおきな茂みがあるからそこにゆけ」という。ようよう探り当てた茂みは、肩のあたりまで背丈の伸びた草が群生する地帯なのだが、なるほどしゃがんだ姿をすっぽり隠してくれるから好都合なのだ。わたしはすっかり了解し、茂みのなかへやみくもに足を踏み入れた。

さて、驚愕のできごとは翌日に起こった。ふたたび必要に迫られた

わたしはまたもや茂みまでたどり着き、あてずっぽうで草の迷路をずんずん分け入った。まあこのへんでよしとしよう。気まぐれに腰をおろしてぼんやり視線を宙にさまよわせた、そのとき。

とっさに声がでた。尻餅をつきそうになった。奇跡とはこのこと。目のまえで風に揺れているのは、きのう手慰みに自分でつくったばかりの草の葉の結びめではないか。なんということだろう、わたしはきのうと寸分違(たが)わない場所に足を止め、まったくおなじ位置にしゃがんでいるのだった。

大海原、いや宇宙のようなモンゴルの草原にあって、わたしの居場所はたしかに与えられている。じつに奇妙なことだが、しかし、それこそが草の葉の結びめを目撃した瞬間、私の全身を駆け抜けた感情で

あった。ここに居場所がたしかにある、つまりわたしは生きていてもよいのだという許しとして受けとったのである。無防備にさらけだしたはだかの尻が、生まれたての赤んぼうのそれに思われた。

だから、世界からつまはじきされた気分に陥るたび、あながちそうとも限らないよ、にやりとするもうひとりの自分がいる。

Kさんの手紙——あとがきに代えて

ときおり読者の方からお便りをいただくことがある。これはほんとうにうれしいもので、編集部から転送していただく手紙や葉書を手にすると、慕っている先生から手招きされて思いもかけず廊下であめ玉をもらったような、とくべつな気持ちになる。そこになにが書かれていたとしても、いちど自分のもとから旅立っていった声が、谷間のむこうから谺（こだま）となって帰ってきたのを迎える心持ちになっていそいそと

耳を澄ませる。なにしろありがたいのである。

　毎日下を通る桜の大木から色づいた葉が絶え間なく落ちて、路肩に吹き溜まりをつくりはじめたころ。郵便受けを開けると、おおきめの封筒があった。差出人は「毎日新聞社」で、なかをあらためると読者の方が寄せてくださった数通の手紙が入っていた。一通ずつ拝読しながら、見知らぬ方が新聞を広げて言葉を追ってくださるすがたが目に浮かび、親しみの感情がふくらんだ。

　おしまいの封書の差出人は、東京に住む七十代の男性、Kさんだった。なかをあらためると、ていねいに整然と縦書きに印字された紙面。まず「平松洋子様　毎週愛読しております」と記された長文を読みはじめてすぐ、わたしは一気に引きこまれた。

『『小鳥来る日』。この題名が少々気になっていました。作者の含意は『あなたの胸に、幸せの便りをコトリ！　と届けます』ではないか。つまり、『コトリ来る日』と勝手に解釈していました。そして本当に『コトリ』が来ました」

だから楽しいのである。当の本人がこれまで思いもかけなかった「コトリ！」の音に意表を突かれ、そうか、そんな解釈もあったのだと口もとがほころぶ。さらに読み進むと、二〇一二年九月二日付「毎日新聞」日曜版に書いた「レース編みのすきま」について触れられていた。

その日曜にわたしが綴ったのは、陽の光が落とすレース模様の影の美しさのこと、ベンチに座って空を見上げたとき、頭上の桜の木の枝

のすきまから青い空間が文様のように映って目を奪われたこと――たしかあのころ、夏の盛りを乗り越えて、ほっと息をつきながら空を仰ぐ余裕のようなものができたころだったと記憶している。おもしろいもので、樹々の枝のすきまから見える文様のありかをいったん発見すると、目の焦点をちょっと操作するだけで簡単に文様が現れるようになる。さながらエッシャーのだまし絵の３Ｄバージョンといった格好で、いまでは「すきまの光景」は、公園を散歩するときのこっそりとした楽しみのひとつである。

さて、Ｋさんの文面はこう続く。

「この文章を読んだ瞬間、懐かしさの混じった感情に胸が襲われ、一旦紙面から目を離して窓外の遠景を放心したまま眺めていました」

あのとき書いた自分の文章とKさんの文章が交差し、予想もしなかった道にみちびかれる不思議と対面し、わたしは息をのんで読み進んだ。

「理由はすぐに分かりました。今からもう五十五年ほど昔になりますが、当時大学初学年の頃、誰に勧められた訳でもなく、たまたま湯川秀樹博士の『旅人』を読んだ記憶が蘇ったからでした」

そして、Kさんの手紙はいっそう道の奥深くへ分け入ってゆく。

Kさんはさっそく本の題名を調べる。ほどなく『旅人　ある物理学者の回想』（角川ソフィア文庫）とわかり、大きな書店なら置いているのでは、と紀伊國屋書店新宿南店へ向かう。はたして、その本は棚にあった。Kさんは迷わず購入して持ち帰る。

「さて、早速読み始めるとほとんどいきなり、という感じで次の文章が飛び込んできました（十八頁）」

文面に目を落としながら、わたしも胸が高鳴ってくる。「小鳥来る日」の一文が偶然にも呼び寄せたKさんの若い日の記憶。そして、幼い日の湯川博士の記憶。Kさんは『旅人』からこの部分を引用する。

『ジョウケン寺』の墓地を駆け抜けながら、足をすべらせて倒れ、墓石にひどく頭をぶっつけたことがある。一瞬、目がくらむようであった。

『あッ！』

と言って思わず泣き出した。が、兄たちはすでに遠く走り去ってしま

った。私は仰向けに倒れたまま、桜の葉の間から落ちる陽の光に、不意に目を奪われて声をのんだ。木洩日（こもれび）が、こまかく分れて、無数の星のように見えたのである。真昼の星。

私が後年、中間子の着想を得た時、不思議にこの時の木洩日をはるかに思い出した。

ひとり仰向けになったまま、枝々のすきまから現れた真昼の星たちにこころを奪われる少年のすがたが目に浮かぶようだ。太陽の位置によって細かなすきまは青い模様となり、きらきら輝く星にもなる。そこにあるはずのないものが、いま目前に出現した驚き。自分だけの発見に思われて興奮し、だれかに早く伝えたいと走り出したい衝動に駆

られもしただろう。心身を貫いた感覚があまりに鋭かったからこそ、湯川博士は中間子の着想を得るという歴史的な瞬間、木洩日の記憶を呼び寄せたのだ。そして、その瞬間が綴られた文章に触れた衝撃を胸にしまっていたKさんもまた、おなじように。

手紙の文面はこんなふうに締めくくられていた。

「まことに簡潔な文章でした。記憶の内ではもっと絢爛たる描写かと思いこんでいましたが、自分で勝手に脚色していたようです。今回、五十数年振りで『旅人』を読み返したのですが、ほとんど覚えていませんでした。この木洩日の部分だけ、何故か忘れることがありませんでした」

それこそ簡潔に、しかし過去の時間をたしかな足取りで遡ってゆく

Ｋさんの手紙を、わたしは感慨をもって丁寧にたたみ、封筒におさめる。しかし、そのあともずっとわたしの脳裏には、かちりと重なり合った三つの木洩日の記憶がひどく強烈な輝きを交歓しあって、いつまでも消えなかった。

本書は、毎日新聞出版株式会社のご厚意により、毎日新聞社刊『小鳥来る日』を底本といたしました。

小鳥来る日

（大活字本シリーズ）

2019年11月20日発行（限定部数500部）

底　本　毎日新聞社刊『小鳥来る日』

定　価　（本体3,300円＋税）

著　者　平松　洋子

発行者　並木　則康

発行所　社会福祉法人 埼玉福祉会

埼玉県新座市堀ノ内3—7—31　〒352—0023

電話　048—481—2181

振替　00160—3—24404

印刷製本所　社会福祉法人 埼玉福祉会 印刷事業部

ISBN 978-4-86596-337-3

大活字本シリーズ発刊の趣意

現在，全国で65才以上の高齢者は1,240万人にも及び，我が国も先進諸国なみに高齢化社会になってまいりました。これらの人々は，多かれ少なかれ視力が衰えてきております。また一方，視力障害者のうちの約半数は弱視障害者で，18万人を数えますが，全盲と弱視の割合は，医学の進歩によって弱視者が増える傾向にあると言われております。

私どもの社会生活は，職業上も，文化生活上も，活字を除外しては考えられません。拡大鏡や拡大テレビなどを使用しても，眼の疲労は早く，活字が大きいことが一番望まれています。しかしながら，大きな活字で組みますと，ページ数が増大し，かつ販売部数がそれほどまとまらないので，いきおいコスト高となってしまうために，どこの出版社でも発行に踏み切れないのが実態であります。

埼玉福祉会は，老人や弱視者に少しでも読み易い大活字本を提供することを念願とし，身体障害者の働く工場を母胎として，製作し発行することに踏み切りました。

何卒，強力なご支援をいただき，図書館・盲学校・弱視学級のある学校・福祉センター・老人ホーム・病院等々に広く普及し，多くの人人に利用されることを切望してやみません。

JN150775